家藏文库

孟浩然诗选

〔唐〕孟浩然 著 　王淑玲 注析

中州古籍出版社
·郑州·

图书在版编目(CIP)数据

孟浩然诗选 /(唐)孟浩然著;王淑玲注析. — 郑州:中州古籍出版社,2015.5(2019.4重印)
(家藏文库)
ISBN 978-7-5348-5283-1

Ⅰ.①孟… Ⅱ.①孟…②王… Ⅲ.①唐诗-诗集 Ⅳ.①I222.844

中国版本图书馆CIP数据核字(2015)第093345号

家藏文库:孟浩然诗选

选题策划	卢欣欣 赵发杰
约稿统筹	卢欣欣
责任编辑	梁瑞霞
责任校对	岳秀霞
封面设计	王 歌
版式设计	曾晶晶

出 版	中州古籍出版社
	地址:郑州市郑东新区金水东路39号C座
	邮编:450016
	电话:0371-65788693
经 销	新华书店
印 刷	郑州市毛庄印刷厂
版 次	2015年5月第1版
印 次	2019年4月第3次印刷
开 本	640毫米×960毫米 1/16
印 张	12.5印张
字 数	200千字
定 价	23.00元

前　言

孟浩然，襄州襄阳（今湖北襄阳市）人，故又称孟襄阳。生于武后永昌元年（689），卒于玄宗开元二十八年（740），是盛唐时期杰出的诗人，与王维同为山水田园诗派的代表作家，并称"王孟"，多抒写田园情趣和羁旅愁思，诗风冲淡清幽，清新高妙，尤工五言。

一

20世纪八九十年代，学术界对于孟浩然生平的研究成果丰硕，如谭优学先生《孟浩然行止考实》（载《唐诗人行年考》，四川人民出版社1981年7月版）、陈贻焮先生《孟浩然事迹考辨》（载《孟浩然诗选》，人民文学出版社1983年5月版）、王达津先生《孟浩然生平和他的诗》和《孟浩然生平续考》（均载《唐诗丛考》，上海古籍出版社1986年2月版）、李嘉言先生《孟浩然年谱稿略》（载《李嘉言古典文学论集》，上海古籍出版社1987年3月版）、王辉斌先生《孟浩然年谱》（载《荆门大学学报》，1987年第2期）、徐鹏先生《孟浩然作品系年》（载《孟浩然集校注》，人民文学出版社1998年2月版）。研究深入翔实，取得很大成就。关于孟浩然的生平，《旧唐书》《新唐书》皆有专传记载，《旧唐书》尤为简略，《新唐书》稍详，介绍了孟浩然隐居鹿门山、太学赋诗、玄宗召见、韩朝宗引荐、辟荆州幕府等几件事情。根据《旧唐书》《新唐书》的记载和王士源等人的评价以及学者研究，孟浩然生平具有以下几个特点。

（一）"骨貌淑清，风神散朗"——超凡脱俗的风骨

这是王士源对孟浩然的评价。王士源与孟浩然同时而稍晚，年龄较孟浩然为轻，仰慕诗人的才华，孟浩然去世之后，王士源将孟浩然诗作编成诗集，使之得以流传。在诗集序中，王士源如此评价孟浩然，言其外貌清朗，风度潇洒，风神脱俗。这既是孟浩然的外在表现，也是其内在性格和精神的外显。关于孟浩然的性情，王士源亦有评价，认为其"行不为饰，动以求真，故似诞"。《新唐书》记载其事，可为佐证。

> 采访使韩朝宗约浩然，偕至京师，欲荐诸朝。会故人至，剧饮欢甚。或曰："君与韩公有期。"浩然叱曰："业已饮，遑恤他！"卒不赴。朝宗怒，辞行，浩然不悔也。

韩朝宗欲将孟浩然推荐给朝廷，但是孟浩然却因为与故人饮酒甚欢而不赴约，可见其怪诞豪放之至。《新唐书》又言其性情"少好节义，喜振人患难"，可以看出孟浩然是一个性情率真、坦荡、节义、有豪侠之气的诗人。这种性格成就了孟诗豪爽壮逸的风格。如《送朱大入秦》诗："游人五陵去，宝剑直千金。分手脱相赠，平生一片心。"将价值千金的宝剑临别赠与好友，豪放慷慨，令人叹服。宝剑有价，情谊无价。赠剑，既可理解为诗人赠朱大剑，也可理解为朱大赠诗人剑，皆体现诗人的豪侠之气。故李白《赠孟浩然》诗评价诗人云："吾爱孟夫子，风流天下闻。红颜弃轩冕，白首卧松云。醉月频中圣，迷花不事君。高山安可仰，徒此揖清芬。"

孟浩然率真潇洒的性情，使他具有隐者气质，常年的隐逸行旅生活是符合他的这种气质的，也是他最初所愿意安守的理想中的生活。"北土非吾愿，东林怀我师"，但是"一丘常欲卧，三径苦无资"（《秦中感秋寄上人》），当理想遇上现实，就不得不重新调整和选择。

（二）"魏阙心恒在，金门诏不忘"——中年求仕的坎坷

据《新唐书》记载，孟浩然早年隐居襄阳鹿门山，"年四十，乃游京师"，欲入仕途。其实早在三十多岁的时候，因玄宗在洛阳，诗人便往洛阳求仕，滞洛三年，无功而返。孟浩然早年隐居，中年忽出而求仕的原因值得探讨，叶嘉莹先生认为，其原因大致有三：一是大概出于个人理想。《论语》中孔子云"四十五十而无闻焉，斯亦不足畏也已"。诗人在《田家作》中亦云："粤余任推迁，三十犹未遇。书枕时将晚，丘园日已暮。晨兴自多怀，昼坐常寡悟。冲天羡鸿鹄，争食羞鸡鹜。望断金马门，劳歌采樵路。"诗人忧虑年岁老大而功业未成，艳羡一飞冲天的鸿鹄，羞作争食的鸡鸭，不想平庸一生，由此可以看出，诗人的用世之心是十分强烈的，故出而求仕。二是家庭原因。正如其诗歌《书怀贻京邑故人》所言"慈亲向羸老，喜惧在深衷"。《论语·里仁》："子曰：'父母之年，不可不知也，一则以喜，一则以惧。'"慈亲渐老，诗人又喜又惧，喜者慈亲高寿康健，惧者慈亲日渐衰老。且因家庭贫困，为子者无以奉养，诗中写其经济条件"甘脆朝不足，箪瓢夕屡空"，因此诗人欲求仕以奉养慈亲。此诗又云"执鞭慕夫子，捧檄怀毛公。感激遂弹冠，安能守固穷"。《后汉书》载：庐江毛义，性恭俭谦约，少时家贫，以孝行称。南阳张奉慕其名，往候之。府檄适至，以毛义为安阳令。毛义奉檄，喜动颜色。张奉心贱之。后毛义母死，去官，举贤良，公车征，遂不至。张奉叹曰："贤者固不可测。往日之喜，乃为亲屈也。斯盖所谓'家贫亲老，不择官而仕'者也。"诗人以毛义自喻，因慈亲渐老，生活贫困，为奉养老人，欲效毛公出仕。三是适逢盛世。《论语》云："邦有道，贫且贱焉，耻也。"孟浩然自己亦云："端居耻圣明。"在太平盛世，尚端居贫贱，是不足取的。因此，为个人理想和前途，为奉养慈亲，为盛世有所作为，诗人决意弃隐从仕。

然而，孟浩然的求仕之路却十分不顺畅。对于仕途，诗人本来信心满满，踌躇满志。其《送陈七赴西军》诗云："一闻边烽动，万里忽争先。余亦赴京国，何当献凯还。"在诗人看来，赴京取得功名，献凯而还，是迟早的事情。

然而，长安落第可能是诗人始料未及的事情，是求仕途中的重大挫折，诗人一度意志消沉，其《题长安王主人壁》就是落第后所作。"久废南山田，谬陪东阁贤。欲随平子去，犹未献甘泉。枕席琴书满，褰帷远岫连。我来如昨日，庭树忽鸣蝉。促织惊寒女，秋风感长年。授衣当九月，无褐竟谁怜。"开元十七年（729）春诗人科举落第，欲献赋以求用，故淹留京师，至秋未归。苦闷之际，题此诗于长安寓所之壁。诗中写诗人久离田园，远赴京师，结交名流，以期夙愿得偿，却不遂人意。秋风虫鸣之中，诗人想到自己亦至人生之秋，却仍然仕途无望、功业未成，不免焦虑悲凉，自伤自怜。关于孟浩然的求仕经历，《新唐书》记载一事。

> 维私邀入内署，俄而玄宗至，浩然匿床下，维以实对，帝喜曰："朕闻其人而未见也，何惧而匿？"诏浩然出。帝问其诗，浩然再拜，自诵所为，至"不才明主弃"之句，帝曰："卿不求仕，而朕未尝弃卿，奈何诬我？"因放还。

孟浩然当时所吟诗为《岁暮归南山》，诗云："北阙休上书，南山归敝庐。不才明主弃，多病故人疏。白发催年老，青阳逼岁除。永怀愁不寐，松月夜窗虚。"诗人当时胸怀用世之志，希望能步入仕途，但是所诵诗作却充满怨怼不平、愤懑惆怅之情。既急于求仕又有"休上书""归敝庐"的愤激之语，既怀归隐南山之念却又有"永怀愁不寐"的惆怅之情，欲入庙堂却含情不露，欲归南山而心有不甘，怨怼愤懑、纠结矛盾的情绪下创作吟咏此诗，无怪玄宗怫然不满。在玄宗面前应对失策使诗人失去了出仕的机会。求仕的失利使诗人对仕途心灰意冷，离京之时写了多首诗作送给友人，如"拂衣从此去，高步蹑华嵩"（《京还留别新丰诸友》），"泪忆岘山堕，愁怀湘水深。谢公积愤懑，庄舄空谣吟。跃马非吾事，狎鸥真我心。寄言当路者，去矣北山岑"（《秦中苦雨思归赠袁左丞贺侍郎》）。求仕失利，诗人未免牢骚满腹、愤懑不平。中年求仕是诗人生活和思想的转折点，由原来的隐居到热衷仕途再到隐居，如果说早年隐居尚有用世之心，踌躇满志，那么晚年的隐居则壮志消弭，"朱绂恩虽重，沧洲趣每怀"(《奉先张明府休沐还乡海亭宴集》)。孟浩然晚年只在荆州做过短暂的幕府，不久即离职。早年的隐居，诗人的情绪是淡然的、昂扬的，中年求仕的坎坷经历使诗人郁闷愤懑、灰心丧气，然而正是这种坎坷经历使诗人更加成熟深沉，心里时时有仕与隐的矛盾冲突，诗作慷慨壮逸，其晚年的隐居生活是更高层次的恬淡清雅，是身心俱隐。

(三)"为多山水乐，频作泛舟行"——漫游各地

孟浩然的游历多集中于南方和长安洛阳一带。早年隐居襄阳鹿门山时，遍游襄阳附近风光，登岘山，怀羊祜，游襄阳，慕庞德公，登万山、望楚山，追慕真隐，夜宿佛寺，礼佛听法，时时表现出潇洒自适的隐者情怀。《岘潭作》就是其心绪的典型写照。

  石潭傍隈隩，沙岸晓夤缘。试垂竹竿钓，果得查头鳊。

  美人骋金错，纤手脍红鲜。因谢陆内史，莼羹何足传。

这首诗写诗人在岘潭垂钓、脍鱼之事。石潭位于水岸迂曲的幽僻之地，盛产查头鳊。"果"字表明事遂初愿，欣喜之情溢于言表。写脍鱼，美人、金错、纤手、红鲜，皆意在表现鳊鱼之美味。全诗由攀缘、垂钓，到脍鱼，一气呵成，表达诗人兴味盎然、喜悦自得之情。早年的隐居生活恬淡自然。

至长安后，游历秦中和洛阳一带。后离开长安，从旧子午道顺直水来到古安阳城，登安阳古城楼，望南雍州，写下《登安阳城楼》。准备乘船，沿汉江返回襄阳。长安落第之后，诗人求仕之心未歇，至洛阳，滞留半年之久，仍与一些公卿有来往，如《洛中访袁拾遗不遇》。后奔波无果，灰心丧气，于次年秋，由洛阳至吴越，遂漫游吴越之地，穷极山水之胜。《自洛之越》抒写诗人当时复杂的心情。

  遑遑三十载，书剑两无成。山水寻吴越，风尘厌洛京。

  扁舟泛湖海，长揖谢公卿。且乐杯中酒，谁论世上名。

这首诗当作于开元十八年(730)，写自洛之越，抒发诗人愤懑慷慨之情。诗人读书三十载，而今却一无所成，不免愤激不平，故曰厌弃繁华复杂的洛阳尘

世，欲往吴越游赏散心，辞别公卿，远游江湖。全诗气象宏大，气概非凡。结尾用陶渊明诗意，化用张翰之语，表达诗人既愤慨又无奈的情绪。这首诗中诗人情绪起伏波折，由一事无成的自叹到欲寻吴越的无奈，再到辞别公卿的决绝、漫游江湖的慷慨，最后到"且乐杯中酒，谁论世上名"的潇洒不羁。情绪的起落跌宕，表现诗人内心复杂的情感和矛盾的心理。诗人南游吴越的原因一是厌弃求仕，欲寻山水以自娱。二是求仕无果，自感羞愧。"江海非堕游，田园失归计"（《将适天台留别临安李主簿》），诗人泛游江海，并非闲游，也并非不想归乡，只是因为难于还乡。此处之难，并非路途遥远，而是诗人心理之难。正如诗人在《南阳北阻雪》一诗中所言："少年弄文墨，属意在章句。十上耻还家，徘徊守归路。"诗人少年学文，一朝落第，借苏秦说秦而归的典故，表达诗人愤懑羞愧之感。

诗人晚年回到家乡襄阳，后因生疽食鲜而卒。孟浩然的漫游生活中体现了隐居者情怀，同时也成就了他的山水田园诗。

（四）"游不为利，期以放性，故常贫"——广泛交游

诗人的交游十分广泛，其友人依据身份主要有三类：第一类是僧道隐者，如道士参寥、天台太一子，僧人云表上人、湛上人，隐者滕逸人、卢征君、郑五愔等，或赞叹僧道的高尚修为，或感慨故人的移居、离世，或写与友人开怀畅饮、谈经说法，体现诗人的隐者情怀和世外之念。第二类是地方官员，如张明府、白明府、卢明府（明府，是唐时对县令的习惯称呼）等，此三人皆是地方长官。《与颜钱塘登樟亭望潮作》中颜钱塘是指钱塘县令颜某，唐人习惯以地名称该地行政长官。第三类是朝中仕宦，如张九龄、王昌龄、王维、韩朝宗等人。孟浩然曾多次向身为宰相的张九龄自荐或推荐他人，如《临洞庭湖》《送丁大凤进士赴举呈张九龄》，后张九龄被贬为荆州大都督府长史，孟浩然征为幕府，不久离职。孟浩然与其他人亦有唱和交往，如《送王昌龄之岭南》《初出关旅亭夜坐怀王大校书》《留别王维》等。开元二十八年（740），诗人王昌龄来襄阳拜访孟浩然，时孟浩然已五十二岁，二人相聚甚欢，孟浩然

不顾食用海鲜的忌讳，对王昌龄盛情款待，可见二人的友谊之深厚。在众多友人中，特别值得一提的是张子容。张子容与孟浩然为通家之好，早年曾同隐鹿门山，多有交往和唱和。关于张子容，《旧唐书》《新唐书》皆无传，辛文房《唐才子传》记载张子容是襄阳人，青年时与孟浩然"同隐鹿门山，为生死交，诗篇倡答颇多"。孟浩然《寻白鹤岩张子容隐居》："白鹤青岩畔，幽人有隐居。阶庭空水石，林壑罢樵渔。岁月青松老，风霜苦竹疏。睹兹怀旧业，携策返吾庐。"当是张子容出仕后诗人所作。白鹤岩即白鹤山，在襄阳南约十里，是二人同隐鹿门山的证据。开元元年（713），张子容赴京应试，孟浩然写诗《送张子容赴举》相赠：

夕曛山照灭，送客出柴门。惆怅野中别，殷勤醉后言。

茂林余偃息，乔木尔飞翻。无使谷风诮，须令友道存。

日暮时分送友赴京，"出柴门"一方面点明二人的隐居生活状况，另一方面祝愿朋友能够一举得中，改换门庭。诗人属意山林，祝愿朋友仕途得意，诗人临别特意叮嘱张子容"无使谷风诮，须令友道存"，希望友情不会因为地位的变化而断绝。通过诗人的殷切嘱托表达依依惜别之情和对二人友谊的珍视。张子容考取进士后，初派到江苏武进任县尉，数年之后，因事贬谪至荒远的乐城。约开元十三年（725），孟浩然前去拜访，张子容赶到上浦馆去迎接，孟浩然写《永嘉上浦馆逢张八子容》。当年的除夕，孟浩然就在张子容的官邸度过，而写《除夜乐城逢张少府》《岁除夜会乐城张少府宅》。年初，诗人病卧乐城，又写《初年乐城馆中卧疾怀归》。待诗人病愈后，辞别张子容回归故园，写有《永嘉别张子容》：

旧国余归楚，新年子北征。挂帆愁海路，分手恋朋情。

日夜故园意，汀洲春草生。何时一杯酒，重与李膺倾。

诗中一"愁"一"恋"，"愁"的是海路漫长，"恋"的是朋友情深。但是对家乡的日夜悬想和时光荏苒、在外日久的惆怅之情使诗人不得不辞别友人，返回故乡。最后表达对再次相会的期望，抒发惜别之情。另有《晚春卧疾寄张八子容》《岘山亭寄晋陵张少府》皆是寄与张子容的诗作。二人的友谊持续始终，并没有因为身份地位的改变而受到影响。

王士源评价孟浩然交游："游不为利，期以放性，故常贫。"如此评价可能过于绝对，但是诗人并未因结交朋友而使自己的家庭经济条件有所改善，这却是真的，故王士源评价诗人交游并非为利为财，而是遵循自己的天性，以真性情交友，所以常居贫贱，体现其浪漫任性的性格特点。

二

孟浩然的诗作在形式上有五古、七古、五律、七律、五绝、七绝，尤工五言诗。在内容上，或抒发山水游历之乐，或感慨行旅之苦，或表现田园情趣，或叙写交游。孟浩然一生大部分时间都在隐逸和游历中度过，因此，山水田园诗作数量较多，或和谐平静，或激荡壮逸，或深情款款。

（一）和谐恬淡之作，表达欢快和慕隐的情绪

孟浩然的山水诗，或壮丽，或秀雅，体现诗人平和欢悦的情绪。如《登望楚山最高顶》：

　　山水观形胜，襄阳美会稽。最高惟望楚，曾未一攀跻。
　　石壁疑削成，众山比全低。晴明试登陟，目极无端倪。
　　云梦掌中小，武陵花处迷。暝还归骑下，萝月在深溪。

开元二十年（732），孟浩然游越回襄阳，不久，他登览了襄阳城南的望楚山，这首诗主要写登山所见。全诗从不同角度写望楚山的高峻壮观，意境壮阔雄丽。至下山途中，意境则恬淡静谧，似一首雄壮之曲，最后于柔和平静的旋律中结束。既壮阔雄丽，又恬淡静谧，集中体现了诗人壮逸潇洒的性格和宁静隐逸的情怀。

又如《早发渔浦潭》：

　　东旭早光芒，渚禽已惊聒。卧闻渔浦口，桡声暗相拨。

日出气象分，始知江路阔。美人常晏起，照影弄流沫。

饮水畏惊猿，祭鱼时见獭。舟行自无闷，况值晴景豁。

这是一首舟行之作。晨光将小洲上的禽鸟唤醒。诗人尚未晨起，就已经听到船桨划水之声。日出之后，天气晴明，江路宽阔，可以行舟。江边以水洗面的美女，给渔浦潭增添了美感。"饮水畏惊猿，祭鱼时见獭"写江边生物，富有生活气息。舟行水上，诗人欣赏江边美景，又加天气晴朗，视野开阔，自然畅快。这首诗依据时间的推移，由静而动，由声而形，由光线朦胧到光亮开阔，展现出清晨江边日出的壮美景色，表现出诗人潇洒自得的心境。

孟浩然的田园诗更是恬淡幽雅，富有生活情趣。如著名的《过故人庄》，这首诗当作于诗人隐居襄阳之时，诗歌记叙了乡村访友的情景，描写田园优美的风景，赞美故人的热情款待，表达诗人欢快的情绪。诗人应邀赴约，老朋友备办饭菜，热情款待，平平叙述，如家常语。描写村庄风光，绿树环绕，城外青山，突出村庄生机勃勃而又幽雅宁静的特点。诗人与友人把酒对饮，闲谈农事，十分惬意。最后写相约再来，关合全诗，流露出诗人内心的率真、对村庄生活的喜爱和与友人之间的深厚朴实的情谊。全诗以浅显的语言描写了质朴的故人、醇厚的友情、清新的村景和高洁的雅趣，其质朴的风格与描写的对象和谐统一，具有浑然天成的艺术美，富有诗情画意和高雅情趣。

又如《夏日南亭怀辛大》："山光忽西落，池月渐东上。散发乘夜凉，开轩卧闲敞。荷风送香气，竹露滴清响。"写夏日纳凉的情景，夏日傍晚日落月升，一"忽"字写暑热渐退，凉意渐生，表现诗人舒适轻松之感，纳凉之时，荷花飘香，竹露清响，一嗅觉一听觉，表现诗人悠然自在的心情，体现悠闲自在的田园生活。

在田园生活和山水游历过程中，诗人往往会大兴归隐之情，表达慕隐的情绪。如《彭蠡湖中望庐山》写庐山之景"中流见匡阜，势压九江雄。黯黮凝黛色，峥嵘当曙空。香炉初上日，瀑水喷成虹"，表达对隐者的景仰和栖隐庐山的愿望。又如《夜归鹿门歌》：

山寺钟鸣昼已昏，渔梁渡头争渡喧。

　　人随沙岸向江村，余亦乘舟归鹿门。

　　鹿门月照开烟树，忽到庞公栖隐处。

　　岩扉松径长寂寥，惟有幽人自来去。

这首诗写诗人夜归鹿门山时的所见所闻，抒发诗人隐居田园的乐趣。诗中先描写黄昏景象，以动为主，先写声音，山寺钟声鸣响，渡头人声喧哗。后写行动，随着人归乡村，渡头的喧闹归于平静。后描摹鹿门山夜晚景象，以静为主。月下村庄，岩扉松径，寂静的深山中，少有世俗之人来往，只有追慕庞德公的隐士前来寻访。黄昏的喧闹与夜晚的幽静，一动一静，实是世俗世界与隐者世界的对比，表现诗人对隐居生活的倾心和向往，但诗人并非厌烦世俗生活。"渔梁渡头争渡喧"描写真实的生活场景，富有生活情趣。一俗一雅，俗之可亲，雅之可慕，二者结合，使诗歌别有一番意趣。世俗世界和隐者世界既是对比，又是和谐统一的，实际上反映了诗人内心世俗之情与隐居情怀的统一，体现出一种和谐恬淡之美。对于世俗功名与隐居之乐，诗人也曾犹豫彷徨，不知所措，但最后终归于统一和谐，能够以平静的心态接受现实。如《仲夏归南园寄京邑旧游》：

　　尝读高士传，最嘉陶征君。日耽田园趣，自谓羲皇人。

　　余复何为者，栖栖徒问津。中年废丘壑，上国旅风尘。

　　忠欲事明主，孝思侍老亲。归来冒炎暑，耕稼不及春。

　　扇枕北窗下，采芝南涧滨。因声谢朝列，吾慕颍阳真。

这首诗当为落第归乡后所作，寄京城旧友以抒怀述志。诗中写诗人本仰慕陶渊明，长期隐居田园，自得其乐，不知何故，风尘仆仆上京应试，竟至不得在家尽孝，同时又耽误农时。而今，诗人得以隐居深山，事亲膝下，从此辞别朝列，像巢父和许由那样不问世事，长隐田园。表明诗人追慕高士，长隐山林的决心。这是一首寄给京城朋友的书信，平静的诉说中，表露出诗人内心复杂的情绪，有不平，有无奈，有追悔，还有洒脱，但诗人最终决意远离仕途，安心田园，过自己想过的生活，正如诗人所言"身世两相弃"（《寻香山湛上人》），意谓身弃世而不仕，世弃身而不任。

（二）激荡慷慨之作，多表达落第、思乡之情，充满身世之叹

在山水游历和隐逸生活中，诗人有时也会表露出激荡壮逸、慷慨不平的情绪。"魏阙心恒在，金门诏不忘"（《自浔阳泛舟经明海作》），"冲天羡鸿鹄，争食羞鸡鹜。望断金马门，劳歌采樵路。乡曲无知己，朝端乏亲故。谁能为扬雄，一荐甘泉赋"（《田家作》），表达对仕途的向往之情，但求仕之途并非顺利，科举落第，面君被斥，干谒无功，求仕无果，诗人心情十分矛盾郁闷。如《秦中感秋寄上人》：

一丘常欲卧，三径苦无资。北土非吾愿，东林怀我师。

黄金燃桂尽，壮志逐年衰。日夕凉风至，闻蝉但益悲。

这首诗当作于诗人长安落第之后，反映了失意、悲凉、归隐的情绪。诗人本欲长隐山林，怎奈家贫无资，不得安居，故出外求仕，不料落第而归，感觉走投无路，欲隐而无资，欲仕而无路，这种矛盾心理让诗人进退两难，苦闷惆怅。随着时间的推移，贫困的状况更加突出，而求仕的愿望愈加衰减。面对日益加剧的潦倒境况，诗人愁肠百转，又加秋蝉鸣叫，更感到孤寂凄凉。对于求仕，诗人既爱且恨，欲求仕却无门，欲放弃却不舍，对于归隐，诗人亦是两难，欲归隐却不甘，欲出仕却无路，仕隐两难，十分矛盾。诗人并非没有用世之心，只是迫于现实，不得不归隐。如《与诸子登岘山》：

人事有代谢，往来成古今。江山留胜迹，我辈复登临。

水落鱼梁浅，天寒梦泽深。羊公碑尚在，读罢泪沾襟。

这是一首怀古伤今诗。诗人与诸友登临岘山，凭吊羊祜，想到自己求仕而无遇，感慨万千。诗人及诸友继古人而至，寻访遗留的胜迹。漫长的时间和广漠的空间中，人如星火一瞬，沧海一粟，短暂而渺小，所怀古人如此，而今"复登临"的今人亦如此。诗中借用羊祜"堕泪碑"的典实。羊祜生前政绩卓著，死后，其部署及襄阳百姓于岘山建碑立庙，岁时飨祭，望其碑者，莫不流

涕，故曰"堕泪碑"。诗中的"泪沾襟"不仅是感慨古人羊祜，更是悲叹诗人自己。全诗气象宏大，情感慷慨深沉。同时《晓入南山》诗"贾生曾吊屈，余亦痛斯文"联想到曾经被流放此地的贾生、屈原，表现诗人对二人才学的景仰和对其坎坷命运的同情，同时也是诗人对自我身世和命运的感叹。由此可以看出，诗人用世之心未歇，用世之心和不得不归隐的现实正是诗人痛苦之所在。

除了感慨落第，哀叹身世，在行旅途中，诗人往往抒发思乡之情，如《他乡七夕》："他乡逢七夕，旅馆亦羁愁。不见穿针妇，空怀故国楼。"《南阳北阻雪》："我行滞宛许，日夕望京豫。旷野莽茫茫，乡山在何处。"《途中遇晴》："今宵有明月，乡思远凄凄。"《初年乐城馆中卧疾怀归》："异县天隅僻，孤帆海畔过。往来乡信断，留滞客情多。"《入峡寄弟》："我来凡几宿，无夕不闻猿。浦上摇归恋，舟中失梦魂。泪沾明月峡，心断鹡鸰原。离阔星难聚，秋深露已繁。因君下南楚，书此寄乡园。"《途中九日怀襄阳》："去国已如昨，倏然经秒秋。岘山不可见，风景令人愁。"而诗人的思乡之情多与求仕无路、身世之感密切相关。如《落日望乡》：

客行愁落日，乡思重相催。况在他山外，天寒夕鸟来。

雪深迷郢路，云暗失阳台。可叹凄遑子，劳歌谁为媒。

诗人的乡愁层层缠绕，行旅之愁、日暮之愁、饥寒之愁、无归之愁、积雪之愁、天象之愁、孤寂悲恐之愁，全诗围绕"愁"字展开，多重愁绪集于诗人一身。"可叹凄遑子，劳歌谁为媒"是点睛之笔，诗人情绪的低落主要是因为无知音相赏、无媒介可通，感觉孤立无援、彷徨无助。又如《早寒江上有怀》："乡泪客中尽，归帆天际看。迷津欲有问，平海夕漫漫。""尽"字，将诗人行旅之苦、思乡之情表现得淋漓尽致。"看"字，以动作写心理，表达诗人思归之情。"迷津"句，借用孔子问津于长沮、桀溺讨论仕隐的典故，反映诗人心理的仕隐矛盾，既是指归乡之路的迷失，也是指人生道路的迷茫。思乡怀归之作寄予了诗人身世之感。

（三）寄友诗，送别诗，表现深情厚谊

如《晚春卧疾寄张八子容》："念我平生好，江乡远从政。云山阻梦思，衾枕劳歌咏。歌咏复何为，同心恨别离。世途皆自媚，流俗寡相知。贾谊才空逸，安仁鬓欲丝。遥情每东注，奔晷复西驰。"时张子容被贬乐城尉，"江乡"即指乐城，想到好友贬谪到如此荒远的地方为官，诗人不免牵挂。又想到世俗如此，友人难以有知心之友，空有贾谊之才，徒作潘鬓之叹。故遥情东注，惆怅满怀，表达诗人对友人张子容的真挚情感。另有《送莫氏甥兼诸昆弟从韩司马入西军》：

念尔习诗礼，未尝离户庭。平生早偏露，万里更飘零。

坐弃三冬业，行观八阵形。饰装辞故里，谋策赴边庭。

壮志吞鸿鹄，遥心伴鹡鸰。所从文与武，不战自应宁。

这是一首送别诗。诗的前半部分写外甥的身世，表达诗人对他初离家乡的怜惜之情和牵挂之意。后半部分写赴边的雄壮威武和昂扬斗志，表达诗人对外甥的赞许和鼓励。全诗以平实朴素的语言，表达长辈对晚辈的关切、怜惜和激励，情感亲切自然，真挚感人。又如《送洗然弟进士举》：

献策金门去，承欢彩服违。以吾一日长，念尔聚星稀。

昏定须温席，寒多未授衣。桂枝如已擢，早逐雁南飞。

这是一首送弟应举的诗作，充满亲情。"献策金门去"本是可喜可贺之事，但是忽一转折，"承欢彩服违"，远赴应举，不能承欢膝下，因此，诗人未觉可喜，反觉遗憾。赴京应举，不仅不能侍奉父母，而且兄弟之间也相聚日稀，流露出深深的惜别之情。虽是一首送人应举的诗作，但并未像其他诗作一样表达对应举之人的祝愿和激励，而是以家中父母需要奉养为由提醒弟弟早日回乡，诗人想到的不是功成名就，不是飞黄腾达，也不是光宗耀祖，而是难以割舍的亲情。全诗语言平易，情感真挚，是一首亲情洋溢的诗作。

孟浩然诗作具有清新淡雅的风格。如《春晓》诗："春眠不觉晓，处处闻啼鸟。夜来风雨声，花落知多少。"这首诗写隐居事，诗人抓住在春天的早晨刚刚醒来的那一瞬间，通过听觉描写和联想，生动地表达了诗人对春天的热爱和怜惜之情。从听觉的描写，可以想象到窗外百鸟齐鸣的热闹情景。"夜来风雨声"同样也是从听觉的角度进行描写，由风雨之声到"花落知多少"的联想，可以想象到百花齐放、春光烂漫的场景。语言明白晓畅、音调朗朗上口，韵味无穷，恬淡清雅，富有生活情趣，是一首脍炙人口的佳作。"野旷天低树，江清月近人"（《宿建德江》），"天边树若荠，江畔洲如月"（《秋登万山寄张五》），"风鸣两岸叶，月照一孤舟"（《宿桐庐江寄广陵旧游》）多采用白描手法，不事雕琢。闻一多先生评价孟浩然诗"淡到看不到诗"，沈德潜亦云"语淡而味终不薄"。

孟浩然诗作具有慷慨壮逸的风格。如写洞庭湖"气蒸云梦泽，波撼岳阳城"（《临洞庭湖》），写钱塘潮"惊涛来似雪，一坐凛生寒"（《与颜钱塘登樟亭望潮作》），壮阔之中透出潇洒之风，又如《岁暮海上作》：

　　仲尼既已没，余亦浮于海。昏见斗柄回，方知岁星改。

　　虚舟任所适，垂钓非有待。为问乘槎人，沧洲复何在。

这是一首行旅诗。先写海，后写天，勾勒出天地壮阔空旷之境，而在此空旷的天地之中，诗人泛舟闲游，垂钓自乐，塑造了一个悠游自在、置身于世外的隐者形象。然而，诗人内心并非平静如水，不染尘俗。因为仕途不得志，故放浪形骸，泛舟自乐。诗中除表现诗人游于江湖的潇洒壮逸的气概，又隐含着些许坎坷激荡之气。故宋代刘辰翁评此诗曰："奇壮淡荡少许自足。"

孟浩然的部分诗歌不乏诙谐幽默的风格。如《戏赠主人》：

　　客醉眠未起，主人呼解醒。

　　已言鸡黍熟，复道瓮头清。

这是一首戏谑诗。客人醉眠，忽听主人呼喊解酒。刚说过饭菜已熟，可以吃，又说刚酿制的酒很清澈，可以喝了。"已言""复道"，看似主人言语前后颠倒，相互矛盾，恰恰体现了主人热情好客、朴实厚道的性格特点。诗人亦被主人的言语和热情影响，哭笑不得又心怀感激。又如《岘山亭寄晋陵张少府》：

"岘首风端急，云帆若鸟飞。凭轩试一问，张翰欲来归？"时张子容为晋陵尉。岘山风急，云帆若飞，故想起远方友人，希望友人能乘风帆来访。以张翰代指友人张少府，扣合友人的姓氏，诗人问张少府，是否也如当年的张翰一样见秋风起，辞官归隐，似含戏谑，语言诙谐。这首诗语极平淡，如家常语，不失幽默，即景生发，自然流畅，以问句结束，意蕴深长。

当然，孟浩然的诗作以冲淡清新、慷慨壮逸为主，这种幽默诙谐的诗作在孟浩然诗中是不多见的。尤其值得一提的是，孟浩然的五言绝句短小精练，风格多样。除了耳熟能详的《春晓》和《宿建德江》冲淡清新之外，另有《送朱大入秦》《同储十二洛阳道中作》豪爽洒脱，《戏赠主人》《岘山亭寄晋陵张少府》诙谐幽默，《北涧泛舟》轻松有趣，耐人寻味。《寻菊花潭主人不遇》则极其淡雅，韵味无穷。

　　行至菊花潭，村西日已斜。
　　主人登高去，鸡犬空在家。

这首诗写诗人寻隐者不遇。以动写静，以鸡犬在家，无人惊扰，悠闲自得，反衬庭院之寂静，语极淡而境极佳，语言淡极，似无意为诗，而又自然成韵，勾勒出一幅静谧、悠闲的日暮山村画卷。诗中的菊花潭主人虽未现身，但是主人的性格、情趣、生活通过典型事物的描写，寥寥数语，表现得淋漓尽致，生动传神。

孟浩然在唐时即享有盛誉，《新唐书》记载："（孟浩然）尝于太学赋诗，一座嗟伏，无敢抗。张九龄、王维雅称道之。"李白赞叹："高山安可仰，徒此揖清芬。"杜甫称赞："复忆襄阳孟浩然，清诗句句尽堪传。""赋诗何必多，往往凌鲍谢。"他去世后不到十年，诗集便两经编订，送秘府保存。当然，孟浩然诗歌也有不足之处，内容稍显单薄，未免窘于篇幅。苏轼评价其诗歌云："韵高而才短，如造内法酒手，而无材料耳。"是比较中肯的。虽然如此，亦无法抹杀孟浩然诗作的光辉。

三

唐代天宝四载（745），王士源将孟浩然诗汇集编订成册，天宝九载，时集贤院修撰韦滔得王士源所编本，送秘府保存。

关于孟浩然诗歌的版本，唐以后有四大版本：

宋蜀刻本《孟浩然诗集》是现存孟浩然诗集中的最早版本。前有王士源、韦滔序，每页12行，每行21字，收其诗歌218首。分上中下3卷。不分体，第一首诗为《早发渔浦潭》。黄丕烈藏书校正。今藏北京图书馆。

元刘须溪先生批点《孟浩然诗集》，收其诗歌233首。分上中下3卷。分体，上卷为五古、七古，中卷为五律，下卷为五律、七律、五绝、七绝，是最接近王士源原编本面貌的版本。

明活字本，指明中叶所出版的活字版唐人诗集，上海古籍出版社于1982年将其全部影印，题为《唐五十家诗集》，其中《孟浩然集》收其诗歌261首，将五言排律置于五律之后。

四部丛刊本，指顾道洪所言"国朝吴下刻本，即高、岑、王、孟的十二家者"中的《孟浩然集》，因收入《四部丛刊》而得名。收其诗歌263首。4卷。分体，第一卷为五古，第二卷为七古、五言排律，第三卷为五律，第四卷为五律、七律、五绝、七绝。

本选本以四部丛刊本《孟浩然集》为底本，按诗体依次遴选，分为五古38首、七古3首、五言排律16首、五律70首、七律3首、五绝17首、七绝4首，共计151首诗。每首诗下有简单注解，除注明词义之外，还注明典故，以明确词句的本义来源，部分诗作注明相关史实或人物事迹，以明确诗歌写作年代和背景。后有评析，皆出己意，希望对读者欣赏诗歌有所帮助。编注者态度严谨，但由于水平有限，书中缺漏错误难免，望读者批评指正。

目 录

五言古诗

寻香山湛上人 …………………………………… 1
宿天台桐柏观 …………………………………… 2
宿来公山房期丁大不至 ………………………… 3
彭蠡湖中望庐山 ………………………………… 4
登鹿门山怀古 …………………………………… 6
听郑五愔弹琴 …………………………………… 7
襄阳旅泊寄阎九司户 …………………………… 8
大堤行寄万七 ………………………………… 10
秋登万山寄张五 ……………………………… 11
晚春卧疾寄张八子容 ………………………… 12
书怀贻京邑故人 ……………………………… 14
示孟郊 ………………………………………… 15
岁暮海上作 …………………………………… 17

越中逢天台太一子	18
自浔阳泛舟经明海作	19
早发渔浦潭	21
经七里滩	22
南阳北阻雪	23
将适天台留别临安李主簿	25
送辛大之鄂渚不及	26
洗然弟竹亭	27
岘潭作	28
同张明府清镜叹	30
夏日南亭怀辛大	30
秋宵月下有怀	32
仲夏归南园寄京邑旧游	33
家园卧疾毕太祝见寻	34
晚泊浔阳望香炉峰	35
入峡寄弟	36
送丁大凤进士赴举呈张九龄	38
送陈七赴西军	39
田家作	40
从张丞相游纪南城猎戏赠裴迪张参军	41
登望楚山最高顶	43
采樵作	44
与黄侍御北津泛舟	45
题长安王主人壁	46

庭橘 ·· 48

七言古诗

夜归鹿门歌 ·· 49
和卢明府送郑十三还京兼寄之 ································ 51
鹦鹉洲送王九游江左 ·· 52

五言排律

西山寻辛谔 ·· 53
陪卢明府泛舟回岘山作 ··· 54
腊月八日于剡县石城寺礼拜 ··································· 56
登龙兴寺阁 ·· 57
登总持寺浮屠 ··· 58
长安早春 ··· 60
秦中苦雨思归赠袁左丞贺侍郎 ································ 61
夜泊宣城界 ·· 62
同王九题就师山房 ··· 64
下赣石 ·· 65
行至汉川作 ·· 66
初年乐城馆中卧疾怀归 ··· 67
上巳日涧南园期王山人陈七诸公不至 ······················· 68
送莫氏甥兼诸昆弟从韩司马入西军 ·························· 69

岘山送萧员外之荆州 ·················· 70

送王昌龄之岭南 ····················· 72

五言律诗

与诸子登岘山 ······················· 73

临洞庭湖 ··························· 74

岁暮归南山 ························· 76

留别王维 ··························· 77

武陵泛舟 ··························· 78

游景空寺兰若 ······················· 79

陪张丞相登嵩阳楼 ··················· 80

与颜钱塘登樟亭望潮作 ··············· 81

九日 ······························· 82

除夜乐城张少府宅 ··················· 83

舟中晚望 ··························· 84

与杭州薛司户登樟亭驿 ··············· 86

寻天台山作 ························· 87

宿立公房 ··························· 88

寻滕逸人故居 ······················· 89

夏日浮舟过滕逸人别业 ··············· 90

与白明府游江 ······················· 91

游精思题观主山房 ··················· 92

寻梅道士 ··························· 93

陪姚使君题惠上人房	94
晚春远上人南亭	95
人日登南阳驿门亭子怀汉川诸友	96
游凤林寺西岭	97
赠道士参寥	98
京还赠张维	99
题李十四庄兼赠綦母校书	100
秋登张明府海亭	101
九日龙沙寄刘大	102
洞庭湖寄阎九	103
和李侍御渡松滋江	104
秦中感秋寄上人	106
送洗然弟进士举	107
夜泊庐江闻故人在东林寺以诗寄之	108
宿桐庐江寄广陵旧游	110
南还舟中寄袁太祝	111
东陂遇雨率尔贻谢南池	112
行至汝坟寄卢征君	113
岁除夜会乐城张少府宅	114
自洛之越	115
归至郢中作	116
途中遇晴	117
蔡阳馆	118
他乡七夕	119

夜泊牛渚趁薛八船不及 ………………………… 120
晓入南山 ……………………………………… 122
夜渡湘水 ……………………………………… 123
赴命途中逢雪 ………………………………… 124
落日望乡 ……………………………………… 125
永嘉上浦馆逢张八子容 ……………………… 126
送张子容赴举 ………………………………… 127
送张参明经举兼向泾州省觐 ………………… 129
溯江至武昌 …………………………………… 130
送吴宣从事 …………………………………… 131
早春润州送弟还乡 …………………………… 132
送告八从军 …………………………………… 133
洛下送奚三还扬州 …………………………… 135
永嘉别张子容 ………………………………… 135
都下送辛大之鄂 ……………………………… 136
京还留别新丰诸友 …………………………… 138
李氏园卧疾 …………………………………… 139
过故人庄 ……………………………………… 140
途中九日怀襄阳 ……………………………… 141
初出关旅亭夜坐怀王大校书 ………………… 142
题张野人园庐 ………………………………… 143
过故融公兰若 ………………………………… 145
早寒江上有怀 ………………………………… 146
南山与老圃期种瓜 …………………………… 147

裴司士见访	148
伤岘山云表上人	149
闺情	150

七言律诗

登安阳城楼	151
岁除夜有怀	152
登万岁楼	153

五言绝句

宿建德江	155
春晓	156
送朱大入秦	157
送友人之京	158
初下浙江舟中口号	159
醉后赠马四	160
檀溪寻古	161
同张将蓟门看灯	162
岘山亭寄晋陵张少府	163
口号赠王九	164
同储十二洛阳道中作	165
寻菊花潭主人不遇	166

问舟子 ·········· 167

北涧泛舟 ·········· 167

洛中访袁拾遗不遇 ·········· 168

送张郎中迁京 ·········· 169

戏赠主人 ·········· 170

七言绝句

凉州词(之一) ·········· 171

凉州词(之二) ·········· 172

越中送张少府归秦中 ·········· 172

济江问同舟人 ·········· 173

五言古诗

寻香山湛上人①

朝游访名山，山远在空翠②。氛氲亘百里③，日入行始至。
谷口闻钟声，林端识香气。杖策④寻故人，解鞍暂停骑。
石门殊豁险，篁径⑤转森邃。法侣⑥欣相逢，清谈晓不寐。
平生慕真隐，累日探灵异。野老⑦朝入田，山僧暮归寺。
松泉多清响，苔壁饶古意。愿言⑧投此山，身世两相弃⑨。

【注释】

①香山：位于湖北京山县之北，地处襄阳东南。湛上人：当指僧湛然，唐代佛教天台宗高僧，居台州国清寺，本姓戚，晋陵荆溪人，时人号为"荆溪尊者"。上人，佛教称具备德智善行的人，后来作为对僧人的敬称。　②空翠：指映在天空中的青翠山色。　③"氛氲"句：氛氲，云雾朦胧貌。南朝宋鲍照《冬日》诗："烟霾有氛氲，精光无明异。"亘，绵延不绝。　④杖策：执马鞭，指策马前行。　⑤篁径：篁，竹的通称。径，小路。　⑥法侣：犹道友。南朝梁武帝《金刚般若忏文》："恒沙众生，皆为法侣。"　⑦野老：村野老人。南朝梁丘迟《旦发渔浦潭》诗："村童忽相聚，野老时一望。"　⑧愿言：思念殷切貌。《诗经·卫风·伯

兮》："愿言思伯,甘心首疾。"晋谢混《游西池》诗："逍遥越城肆,愿言屡经过。"　⑨"身世"句:南朝宋鲍照《咏史》诗："君平独寂寞,身世两相弃。"李善注："言身弃世而不仕,世弃身而不任。"

【评析】

　　诗人一生大部分时间都在隐居和漫游中度过,这首诗写诗人入名山访僧友时所见景致,表现诗人高雅闲适的情趣。全诗以游览的行踪为顺序,凌晨出发,日落方至,表明路途之遥,也表现出诗人高昂的游览兴致。继而未见寺院,先闻钟声;未至其居,先识其香。于是循钟声寻访故人。穿过石门,走过竹径,始见上人。最后以"愿言投此山,身世两相弃"二句表达隐居香山、远离凡尘的愿望,也隐隐透出诗人无可奈何的情绪。全诗描摹景物,信手拈来,不着痕迹,表情达意,自然流畅,语言浅近,无意求工而自清新脱俗。

宿天台桐柏观①

海行信②风帆,夕宿逗云岛。缅寻沧洲③趣,近爱赤城④好。扪萝亦践苔,辍棹恣探讨⑤。息阴憩桐柏,采秀⑥寻芝草。鹤唳清露垂,鸡鸣信潮⑦早。愿言解缨绂⑧,从此去烦恼。高步陵四壁,玄踪得三老⑨。纷吾远游意,学彼长生道。日夕望三山⑩,云涛空浩浩。

【注释】

　　①天台:即天台山,在今浙江境内,跨天台、宁海、奉化等县市。桐

柏观：即桐柏宫，在天台山上。　②信：任意，任凭。　③沧洲：滨水之地，古称隐者所居。谢朓《之宣城郡出新林浦向板桥》诗："既欢怀禄情，复协沧洲趣。"　④赤城：古山名，在今浙江天台县北六里，为往天台山必经之路。也是道教传说中山名。庾信《道士步虚词》之三："五香芬紫府，千灯照赤城。"　⑤"辍棹"句：辍，放下。棹，船桨。恣，恣意，任意，无拘束。　⑥采秀：《楚辞·九歌·山鬼》："采三秀兮于山间，石磊磊兮葛蔓蔓。"王逸注："三秀，谓芝草也。"　⑦信潮：依时而至的潮水。《异物志》："伺潮鸡，潮水上则鸣。潮水依时而至，故曰信潮。"　⑧缨绂（fú）：冠饰和印绶，借指官职。　⑨三老：指上寿、中寿、下寿，皆八十以上长寿之人。《左传·昭公三年》："公聚朽蠹，而三老冻馁。"　⑩三山：古代神话中三神山，即蓬莱、瀛洲、方壶。

【评析】

　　这首诗写诗人夜宿桐柏观时的所见所闻所感，表现诗人对隐逸生活的向往和追求。诗中先写泛舟远行，至夕宿于桐柏观。接着描写山中清幽的景致及闲适的生活。最后表达远游学道的美好愿望。诗中"信""逗""恣""憩""寻""陵"等词语写出山中游赏的潇洒闲逸的心境，于清新浅淡中，自有泉流石上、风来松下之妙。本诗虽云古诗，而诗句多对仗，自由散淡之中不乏工整精致。

宿来公山房期丁大不至①

夕阳度西岭，群壑倏已暝②。松月生夜凉，风泉③满清听。樵人归欲尽，烟鸟④栖初定。之子期宿来⑤，孤琴候萝径⑥。

【注释】

①诗题又作"宿业师山房期丁大不至"。山房,山中房舍。期,约定。 ②"群壑"句:倏,急速,忽然。暝,傍晚,昏暗不明。 ③风泉:风吹泉流之声。 ④烟鸟:暮霭中的归鸟。 ⑤之子:这个人。《诗经·周南·桃夭》:"之子于归,宜其室家。" ⑥萝径:长满女萝的小路。

【评析】

这首诗写诗人夜宿来公山房,与友人丁大相约,而丁大未至,诗人只得携琴等待。前六句描写天象的变化。从夕阳西下,万壑皆暝,到樵人归家,鸟雀还巢,松月生凉,万籁俱寂,独闻风泉之声。后两句写友人期而不至,诗人携琴以待。全诗描摹出山中从薄暮到夜深的天象特征,融合诗人对知音的期盼之情。诗歌围绕"候"字展开,前六句通过写景暗写"候"字,诗人隐于景物之中,看似句句写景,实是句句写人。后两句点明"候"字,诗人从景中现身。正是由于后两句的点睛之笔,使得诗歌由无人之境变为有人之境,体现了本诗的构思之妙。

彭蠡湖①中望庐山

太虚生月晕②,舟子知天风。挂席候明发③,渺漫平湖中。
中流见匡阜④,势压九江雄。黯黕⑤凝黛色,峥嵘当曙空。
香炉⑥初上日,瀑水喷成虹。久欲追尚子⑦,况兹怀远公。

我来限于役,未暇息微躬⑧。淮海途将半,星霜⑨岁欲穷。寄言岩栖者⑩,毕趣当来同。

【注释】

①彭蠡湖:在江西省,因湖接鄱阳山,故隋时又名鄱阳湖。 ②"太虚"句:太虚,天空。晋孙绰《游天台山赋》:"太虚辽廓而无阂,运自然之妙有,融而为川渎,结而为山阜。"月晕,环绕月亮周围的光气。古谚云:"月晕而风,础润而雨。" ③"挂席"句:挂席,扬帆。明发,黎明。 ④匡阜:庐山别名。又名匡山、匡庐。晋释慧远《庐山记》:"有匡裕先生者,出自殷周之际……受道于仙人,共游此山,遂托室崖岫,即岩成馆,故时人谓其所止为神仙之庐,因以名山焉。"慧远,即后文所言"远公"。本姓贾,东晋人,太元九年(384)入庐山,居东林寺,与佛教徒一百二十三人结白莲社,同修净业,著有《法性论》,倡导涅槃常住之说,净土宗推尊为初祖。事迹见《高僧传》卷六。 ⑤黯黮(dǎn):昏暗不明貌。 ⑥香炉:即香炉峰,庐山峰名,是庐山中最著名的山峰之一。 ⑦尚子:即尚平,又称尚长、向子、向子平,东汉隐士,子女婚嫁毕,遂游五岳名山,不知所终。事见《后汉书·逸民列传》。 ⑧微躬:谦词,卑贱之身,此指诗人自谓。 ⑨星霜:星一年一周转,霜每年因时而降,故以星霜指年岁。 ⑩岩栖者:指山中隐居之人。

【评析】

这首诗是诗人漫游东南途经鄱阳湖时所作。一、二句从太虚、月晕、天风写起,意境高远,气象宏大。天风欲起,故"候明发",自然过渡到下句。"渺漫"二字写鄱阳湖水面宽阔,水势盛大。继写望庐山,诗人于行舟中流时望见庐山,写其势之雄,其色之暗,其形之峥嵘,其香炉瀑布,日下成虹,突出庐山壮丽景色。最后抒发诗人感想,诗人想到隐士尚平和高僧慧远,"久"字表明诗人归隐之志早已有之,况至慧远所隐居的庐山,归隐之情更加强烈。此后一转折,只因"限于役",故暂无暇归隐。此处"役"当指诗人的漫游。行程还不到一半,就已经过去了一年的时间。末两句又是一个转折,虽然现在不能栖身庐山,但是将来会追随隐者和高僧,来庐山隐居,表现诗人对庐山的喜爱和神往之情。全诗章法精妙,转折自然,环环相扣,虽云古诗,却对仗工稳。

登鹿门山①怀古

清晓因兴来,乘流越江岘②。沙禽近初识,浦树③遥莫辨。
渐到鹿门山,山明翠微④浅。岩潭多屈曲,舟楫屡回转。
昔闻庞德公⑤,采药遂不返。金涧养芝术,石床卧苔藓。
纷吾感耆旧⑥,结缆⑦事攀践。隐迹今尚存,高风邈已远。
白云何时去,丹桂空偃蹇⑧。探讨⑨意未穷,回艇夕阳晚。

【注释】

①鹿门:山名,在今湖北襄阳市东南。《清一统志·湖北·襄阳府》:"鹿门山在襄阳县东南三十里。《襄阳记》:'鹿门山旧名苏岭山,建武中,襄阳侯习郁立神祠于山,刻二石鹿,夹神道口,俗因谓之鹿门庙,遂以庙名山也。'"孟浩然在山中建有别业。　②江岘:汉江沿岸的岘山。
③浦树:江岸边的树。　④翠微:清淡青葱的山色。庾信《和宇文内史春日游山》诗:"游客值春晖,金鞍上翠微。"　⑤庞德公:汉末隐士,

居襄阳岘山之南,未尝入城府。荆州刺史刘表数延请,皆不就。后携其妻子登鹿门山采药不返。事见《后汉书·逸民列传》。 ⑥耆旧:故老,年老的朋友,也指德高望重者。《汉书·萧望之传》附萧育:"上以育耆旧名臣,乃以三公使车,载育入殿中受策。" ⑦结缆:停船靠岸。 ⑧偃蹇:屈曲貌。《楚辞·招隐士》:"桂树丛生兮山之幽,偃蹇连蜷兮枝相缭。" ⑨探讨:探幽寻胜。

【评析】

这是一首怀古诗。先写乘舟至鹿门山沿途所见,禽树众多,岩潭屈曲。继而写弃舟登山,寻访隐者遗迹。最后写意兴未尽、日暮归去的情景,表达诗人对庞德公高风亮节的仰慕、对隐者远逝的感叹。全诗围绕"兴"字展开,诗人清晨乘兴而来,一路观赏,兴趣盎然。忽忆庞德公,诗人竟至弃舟登岸,游览山水之兴转而为寻访古迹之兴。贤人已远,古迹空存,诗人仍游兴未尽,日夕方归。全诗娓娓道来,颇有意趣。一字贯之,结构紧凑。故明代李梦阳评价此诗云"思致郁密"。

听郑五愔①弹琴

阮籍推名饮②,清风坐竹林。半酣下衫袖,拂拭龙唇琴③。
一杯弹一曲,不觉夕阳沈④。余意在山水,闻之谐夙心⑤。

【注释】

①郑五愔:即郑愔,行五。 ②"阮籍"句:阮籍,"竹林七贤"之

一,字嗣宗,能长啸,善弹琴,好老庄,纵酒谈玄,不评时事,以求自全。尝驾车率意而行,每至穷途,辄痛哭而返。见《晋书》卷四十九。推,举荐,尊崇。　③龙唇琴:古琴名。虞汝明《古琴疏》载:"(荀季和)有琴曰龙唇。一日大风雨失去,三年后复大风雨,有黑龙飞入李膺堂中。膺谛视,识之,曰:'此荀季和旧物也。'登即送还。季和恐复飞去,嵌金于背,曰刘累,以厌之,改名曰飞龙。"此处指琴的美称,或说唇琴以龙为饰者。　④沈(chén):同"沉",此处指夕阳落山。　⑤夙心:平素的心愿。《后汉书·文苑列传》:"惟君明睿,平其夙心。"此处当指归隐山林的心愿。

【评析】

诗中运用阮籍典故,将郑愔比作阮籍,意指其豪饮善琴,且居于竹林,有"竹林七贤"之风。"一杯弹一曲"写郑愔边饮边弹的潇洒气概。"不觉夕阳沈"侧面表现郑愔的琴艺精妙高超。郑愔的琴音引起诗人的共鸣,通过诗人的反应体现出郑愔之琴音飘逸超尘的特点。这首诗的主要特点有三:第一,通过"半酣下衫袖""一杯弹一曲"等细节描写,塑造了一位潇洒脱俗的林间高士形象。第二,诗题曰听琴,诗中却并未直接描写郑愔的琴音,而是通过郑愔的气概、诗人的共鸣等侧面描写郑愔高超的琴艺。第三,运用阮籍的典故,体现高士的特点,表达诗人对郑愔的赞赏之情,同时也体现了诗人的闲情雅致和归隐之志。

襄阳旅泊寄阎九司户①

桂水通百越②,扁舟期晓发。荆门蔽三巴③,夕望不见家。

襄王梦行雨④,才子谪长沙⑤。长沙饶瘴疠⑥,胡为苦留滞。久别思款颜⑦,承欢怀接袂⑧。接袂杳无由,徒增旅泊愁。清猿不可听,沿月⑨下湘流。

【注释】

①诗题一作"湖中旅泊寄阎九司户防"或"湘中旅泊寄阎九司户防","襄阳旅泊"疑非。阎九司户,即阎防。　②"桂水"句:桂水,《元和郡县志·江南道·郴州》:"鸡水,在(郴州临武)县南,即桂水也。"百越,江浙闽粤之地,古多为越族所居,故称百越。　③三巴:地名,指巴郡、巴东、巴西。晋常璩《华阳国志》:"(刘)璋乃改永宁为巴郡,以固陵为巴东,徙(庞)羲为巴西太守,是为三巴。"永宁在今重庆巴县至忠县一带,固陵郡在今重庆云阳、奉节等地,巴西郡即今四川阆中。　④"襄王"句:宋玉《高唐赋》:"昔者先王尝游高唐,怠而昼寝,梦见一妇人,曰:'妾,巫山之女也,为高唐之客。闻君游高唐,愿荐枕席。'王因幸之。去而辞曰:'妾在巫山之阳,高丘之阻,旦为朝云,暮为行雨。朝朝暮暮,阳台之下。'"宋玉《神女赋》云:"楚襄王与宋玉游于云梦之浦,使玉赋高唐之事。其夜王寝,果梦与神女遇。其状甚丽,王异之。明日以白玉。"　⑤"才子"句:才子,指贾谊。《史记·屈原贾生列传》云:"贾生为长沙王太傅三年,有鸮飞入贾生舍,止于坐隅。楚人命鸮曰服。贾生既已谪居长沙,长沙卑湿,自以为寿不得长,伤悼之,乃为赋以自广。"　⑥瘴疠:旧指我国南部和西南部地区山林间湿热蒸发致人疾病之气。　⑦款颜:晤面欢叙。　⑧接袂:衣袖相接,以示亲近。　⑨沿月:月下顺流行船。

【评析】

这是一首行旅诗。前六句写诗人暂驻湘中,表达旅泊凄清之苦。中四句抒发对友人阎防的思念之情。"长沙饶瘴疠，胡为苦留滞"是一转折，湘中长沙，卑湿瘴疠之地，诗人却留滞于此，只是因为想与友人阎防见面。后四句表达思友不见的惆怅。"接袂杳无由"是又一转折，徒留长沙，却无缘相见，更添愁绪。在形式上，运用连珠手法，两次换韵，意随声转，声随意发，千回百转，慷慨激荡，具有民歌之风。

大堤行①寄万七

大堤行乐处，车马相驰突②。岁岁春草生，踏青二三月③。王孙挟珠弹④，游女矜罗袜⑤。携手今莫同⑥，江花为谁发。

【注释】

①大堤行：乐府曲调名，又名《襄阳乐》《襄阳曲》《雍州曲》。 ②驰突：快跑猛冲。《后汉书·南匈奴列传》："云屯鸟散，更相驰突。" ③"踏青"句：古代踏青节的日期，因地而异，多在二月二日或三月三日。 ④"王孙"句：王孙，泛指贵族子弟。《左传·哀公十六年》："王孙若安靖楚国，匡正王室，而后庇焉。启之愿也。"后作为一般青年男子的尊称。珠弹，以珠作弹，谓其豪贵。南朝陈徐陵《紫骝马》诗："角弓连两兔，珠弹落双鸿。" ⑤"游女"句：游女，出游的女子。《诗经·周南·汉广》："汉有游女，不可求思。"矜，矜夸，炫耀。罗袜，用丝织品做成的袜子。 ⑥"携手"句：倒装句，应为"今莫同携手"，因平仄和押韵而颠倒。

【评析】

　　这首诗写春日踏青的场景。踏青习俗由来已久,据《诗三家义集疏》引《韩诗》云:"郑国之俗,三月上巳之日,于溱洧两水上招魂续魄,祓除不祥。"此是踏青节的雏形,后演变为结伴到郊外游春赏景。古代踏青节的日期,因地而异,多在二月二日或三月三日的。后世多以清明出游为踏青。至唐宋,踏青习俗尤盛。这首诗前六句写踏青情景:绚丽春光,游人如织,热闹异常。最后两句转折,江花空自盛开,不能与友人携手同游,甚感遗憾,切合题面。诗中运用反衬手法,以踏青之热闹场景反衬诗人因不能与友人携手同游的凄清之感,以外在的热闹反衬内心的孤寂,丽景哀情,一倍增其哀凄,具有很强的表现力。

秋登万山寄张五[①]

北山白云里[②],隐者自怡悦。相望始登高,心随雁飞灭。
愁因薄暮[③]起,兴是清秋发。时见归村人,平沙渡头歇。
天边树若荠[④],江畔洲如月。何当[⑤]载酒来,共醉重阳节。

【注释】

　　①万山:又名汉皋山,在今襄阳西北。张五:一说名子容,诗人同乡好友,隐居于襄阳白鹤山。孟浩然园庐在岘山附近,登岘山对面的万山以望张五,并写诗寄意。疑非。张子容行八,孟浩然有诗《永嘉上浦馆逢张八子容》《晚春卧疾寄张八子容》。　②"北山"句:陶弘景《诏问山中

何所有赋诗以答》："山中何所有，岭上多白云。只可自怡悦，不堪持赠君。"　③薄暮：傍晚，太阳快落山之时。《楚辞·天问》："薄暮雷电，归何忧？厥严不奉，帝何求？"　④荠：野菜名，此处形容远望中，天边树林细小如荠菜。　⑤何当：何时，何日。《玉台新咏·古绝句一》："何当大刀头，破镜飞上天。"

【评析】

　　这首诗是寄友抒怀之作。先写登高远望张五所居，继而写望中所见，最后点明重阳节，同时表达诗人对友人的思念之情。这首诗的特点有三：第一，化用前人诗句，不留痕迹。陶弘景《答诏问山中何所有》："山中何所有，岭上多白云。只可自怡悦，不堪持赠君。"诗中前两句"北山白云里，隐者自怡悦"即由此诗脱化而来。第二，以平常景物入诗，平沙渡头，暮归的村人，天边若荠之树，江畔如月之洲，寥寥数笔，展现出一幅淡雅、幽寂的秋日薄暮图画。正如皮日休云："遇景入咏，不拘奇抉异……涵涵然有云霄之兴，若公输氏当巧而不巧者也。"第三，至末两句始照应题中"秋"字，表达诗人重阳无友时的百无聊赖和与朋友共谈的希冀。

晚春卧疾寄张八子容

南陌春将晚，北窗犹卧病。林园久不游，草木一何盛。
狭径花将尽，闲庭竹扫净。翠羽戏兰苕①，赪鳞②动荷柄。
念我平生好，江乡③远从政。云山阻梦思，衾枕劳歌咏。

歌咏复何为，同心恨别离。世途皆自媚④，流俗寡相知。贾谊才空逸，安仁鬓欲丝⑤。遥情每东注，奔晷⑥复西驰。常恐填沟壑⑦，无由振羽仪⑧。穷通若有命，欲向论中推⑨。

【注释】

①"翠羽"句：翠羽，翡翠鸟。兰苕，兰的茎。郭璞《游仙诗》之三："翡翠戏兰苕，容色更相鲜。" ②赪（chēng）鳞：红色的鱼。 ③江乡：水乡，指乐城，即今之乐清。张子容时为乐城尉，乐城在海边，故曰江乡。 ④自媚：各自为爱。汉乐府《饮马长城窟行》："入门各自媚，谁肯相为言。" ⑤"安仁"句：安仁，晋潘岳，字安仁。潘岳《秋兴赋序》云："晋十有四年，余春秋三十有二，始见二毛。"其赋曰："悟时岁之道尽兮，慨俯首而自省。斑鬓彪以承弁兮，素发飒以垂领。"后以潘鬓作中年鬓发初白的代称。 ⑥晷（guǐ）：本指测日影以定时刻的仪器，后引申为日影、光阴。 ⑦填沟壑：指死。人死后埋于地下，故称。多用作自谦词。 ⑧"无由"句：无由，无法，无从。振羽仪，嵇康《兄秀才公穆入军赠诗》之一："抗首漱朝露，晞阳振羽仪。"羽仪，即羽翼。 ⑨"欲向"句：论，指北魏刘芳《穷通论》。推，推究。

【评析】

这是一首寄友之作。前十二句写诗人卧疾。首二句点明题中"晚春卧疾"。接着写病中游园，因卧疾久不游园，园中草木繁盛，春花将尽，闲庭寥落，翠鸟游鱼，往来倏忽。继而想到朋友张子容。"平生好"，即指友人张子容，与诗人同乡，有通家之好。时张子容被贬为乐城尉，诗人有《除夜乐城张少府宅》《岁除夜会乐城张少府宅》《永嘉上浦馆逢张八子容》诗，皆是写诗人与张子容在乐城相会事。后十二句怀友兼自叹。以贾谊和潘岳喻友人，表达诗人对友人张子容才学的赞赏，对仕途坎坷、遭遇挫折的惋惜和愤慨。"奔晷复西驰"写时光流逝，"常恐填沟壑，无由振羽仪"慨叹年岁老大而功业未就。末二句写穷通自有天命，既是对友人的安慰，也是诗人自我安慰。诗中描写晚春景色，表达春日将尽的感慨，慨叹故友的遭遇，抒发离别之思和对人生命运的感悟。中有换韵，形式自由，有民歌特点。

书怀贻京邑故人

惟先自邹鲁①，家世重儒风。诗礼袭遗训，趋庭②绍末躬。
昼夜常自强，词赋颇亦工。三十既成立，嗟吁命不通。
慈亲向羸老，喜惧在深衷③。甘脆④朝不足，箪瓢夕屡空。
执鞭慕夫子⑤，捧檄怀毛公⑥。感激遂弹冠⑦，安能守固穷。
当涂⑧诉知己，投刺⑨匪求蒙。秦楚邈离异，翻飞何日同。

【注释】

①"惟先"句：孔子是鲁国人，孟子是邹国人，诗人意谓自己是孟子后人，家承儒风。　②趋庭：《论语·季氏》："（孔子）尝独立，鲤趋而过庭。曰：'学诗乎？'"后谓子承父教曰趋庭。王勃《滕王阁序》："他日趋庭，叨陪鲤对。今晨捧袂，喜托龙门。"　③"喜惧"句：《论语·里仁》："子曰：'父母之年，不可不知也，一则以喜，一则以惧。'"

④甘脆：美味的食品。《战国策·韩策二》载："仲子固进，而聂政谢曰：'臣有老母，家贫，客游以为狗屠，可旦夕得甘脆以养亲。'"

⑤"执鞭"句：持鞭驾车，表示对某人敬仰之意。《论语·述而》云："子曰：'富而可求也，虽执鞭之士，吾亦为之。'" ⑥"捧檄"句：檄，官符。捧檄，谓奉命就任。《后汉书·刘赵淳于江刘周赵列传》载：庐江毛义，性恭俭谦约，少时家贫，以孝行称。南阳张奉慕其名，往候之。府檄适至，以义为安阳令。义奉檄，喜动颜色。奉心贱之。后义母死，去官，举贤良，公车征，遂不至。张奉叹曰："贤者固不可测。往日之喜，乃为亲屈也。斯盖所谓'家贫亲老，不择官而仕'者也。" ⑦弹冠：整洁衣冠，喻将出仕。《汉书·王贡两龚鲍传》记载："吉与贡禹为友，世称'王阳在位，贡公弹冠'。"言其取舍相同。吉，字子阳。 ⑧当涂：当仕路，指执掌大权。《韩非子·孤愤》云："当涂之人擅事要，则外内为之用矣。" ⑨投刺：递名帖求见。刺，名帖。《梁书·诸葛璩传》载："璩安贫守道，悦礼敦诗，未尝投刺邦宰，曳裾府寺。"

【评析】

这首诗写给京城仕宦的朋友，嗟叹家境贫穷，命运不济，为奉养慈亲，不得不出仕，表现诗人希求朋友援引的心理。诗中先写身世，诗礼传家，世承儒风，昼夜攻书，辞赋颇工。接着感慨命运，慈亲渐老，家贫未仕，无以奉养。最后写希冀，表达出仕奉家的愿望。全诗运用较多典故，孔子之高义，毛义之为亲屈己出仕，王吉与禹贡兴趣一致，取舍相同，表达诗人欲与朋友同登仕途的期望。与诗人清淡闲适的山水田园诗不同，这首诗情感悲凉慷慨，风格深沉雄健，有建安之风。

示孟郊①

蔓草蔽极野②，兰芝③神孤根。众音何其繁，伯牙④独不喧。

当时高深意，举世无能分。钟期一见知，山水千秋闻。尔其保静节⑤，薄俗⑥徒云云⑦。

【注释】

①孟郊：字东野，早年屡试不第，漫游南北，仕途坎坷，一生清寒，苦吟诗人，与贾岛齐名，并称"郊寒岛瘦"。②"蔓草"句：蔓草，蔓生的野草。极野，远野。③兰芝：兰草与灵芝草。汉代王延寿《鲁灵光殿赋》："朱桂黟儵于南北，兰芝阿那于东西。"后以兰芝喻高风美德。④伯牙：春秋战国时期的俞伯牙。《吕氏春秋》记载："伯牙鼓琴，钟子期听之。方鼓琴而志在泰山，钟子期曰：'善哉乎鼓琴！巍巍乎若泰山。'少时而志在流水，钟子期曰：'善哉鼓琴！洋洋乎若流水。'钟子期死，伯牙摔琴绝弦，终身不复鼓琴，以为世无足复为鼓琴者。"后人以俞伯牙、钟子期的故事或者"高山流水"比喻得遇知音。⑤"尔其"句：尔，你，指孟郊。其，表示希望。静节，静洁的节操。⑥薄俗：流俗，轻薄的风俗。《汉书·元帝纪》："重以周秦之弊，民渐薄俗，去礼义，触刑法，岂不哀哉！"⑦云云：众多，纷纭。《庄子·在宥》："万物云云，各复其根。"

【评析】

诗中运用《离骚》香草美人的比兴手法，以蔓草比世俗之人，以兰芝比孟郊，蔓草遍野，而兰芝一枝独秀，表明孟郊不同流俗的高风亮节和诗人对孟郊的倍加推崇。将世俗评论比作"众音"，将孟郊持论比作伯牙之琴音，伯牙之琴音高深莫测，而钟子期一闻成知音，诗人劝诫孟郊于世俗纷扰中保持固有的节操，自会得遇知音相赏。诗歌表达诗人对友人的赞赏和激励，同时也表明诗人异于世俗的高雅的人生志趣。全诗语言平淡自然，旨趣高洁清雅，超凡脱俗。

岁暮海上作

仲尼既已没，余亦浮于海^①。昏见斗柄回^②，方知岁星^③改。虚舟^④任所适，垂钓^⑤非有待。为问乘槎^⑥人，沧洲^⑦复何在。

【注释】

①浮于海：《论语·公冶长》："子曰：'道不行，乘桴浮于海。'"指不得意而避世。　②"昏见"句：斗柄，即北斗柄，指北斗的第五至第七星，即玉衡、开阳、摇光。北斗，第一至第四星称斗魁，第五至第七星称斗柄。古以斗柄指向判断季节，如《鹖冠子·环流》："斗柄东指，天下皆春；斗柄南指，天下皆夏；斗柄西指，天下皆秋；斗柄北指，天下皆冬。"　③岁星：木星，岁行一次，用以纪年。　④虚舟：轻便的木船。陶渊明《五月旦作和戴主簿》诗："虚舟纵逸棹，回复逐无穷。"　⑤垂钓：化用姜尚垂钓渭滨而得遇周文王的故事。　⑥乘槎：槎，木筏。张华《博物志》卷十："近世有人居海渚者，年年八月有浮槎去来，不失期。"

⑦沧洲：临水之地，古指隐者所居。谢朓《之宣城郡出新林浦向板桥》诗："既欢怀禄情，复协沧洲趣。"

【评析】

这是一首行旅诗。先写海，后写天，勾勒出天地壮阔空旷之境，而在此空旷的天地之中，诗人泛舟闲游，垂钓自乐，塑造了一个悠游自在、置身于世外的隐者形象。然而，诗人内心并非平静如水，不染尘俗。"仲尼既已没，余亦浮于海"运用孔子典故，化用孔子成句。子曰："道不行，乘桴浮于海。"因于仕途不得志，故放浪形骸，泛舟自乐。诗中除表现诗人游于江湖的潇洒壮逸的气概，又隐含着些许慷慨激荡之气。故宋代刘辰翁评此诗曰："奇壮淡荡少许自足。"

越中逢天台太一子①

仙穴逢羽人②，停桡向前拜。问余涉风水，何事远行迈③。
登陆寻天台，顺流下吴会④。兹山夙所尚⑤，安得闻灵怪。
上逼青天高，俯临沧海大。鸡鸣见日出，每与仙人会。
来去赤城⑥中，逍遥白云外。莓苔异人间⑦，瀑布作空界。
福庭长不死⑧，华顶⑨旧称最。永愿从此游，何当济所届⑩。

【注释】

① 太一子：又作"太乙子"，神名。《史记·封禅书》："天神贵者太一。"此处指诗人好友。 ② 羽人：神话中有羽翼的人，即仙人，因道家修仙，故称道士为羽人。此处指太一子。 ③ 行迈：行走不止，远行。 ④ 吴会：地名，秦汉会稽郡，治所在吴县，郡县连称为吴会。此指吴越之地。 ⑤ "兹山"句：兹山，这座山，指天台山。夙，向来，一向。 ⑥ 赤城：即赤城山，天台山的一部分，山中石色皆赤，状如云霞，故而得名。 ⑦ "莓苔"句：《异苑》："天台山石桥，有莓苔之险。" ⑧ "福庭"句：福庭，福地，古人指神仙、有道者所居。孙绰《游天台山

赋》："仍羽人于丹邱，寻不死之福庭。"此化用成句，福庭指太一子所居天台山。　⑨华顶：峰名，天台山主峰。　⑩届：至，到。

【评析】

　　这首诗作于诗人漫游吴越期间，诗人偶遇故友太一子。前八句叙述诗人与太一子相遇，采用一问一答的形式。太一子惊问诗人因何远涉江河，到达此地。诗人回答寻访天台山，然后顺流去吴越之地。天台山是诗人一向喜爱的地方，远来此地有何奇怪呢？形式自由，语言平易，如家常语。后十二句描写天台山风光，"上逼青天高"句突出天台山之高峻，"俯临沧海大"句写天台山视野开阔，继而写天台山的赤城、莓苔、瀑布、华顶等独特的景观。"福庭长不死"句化用孙绰《游天台山赋》中的成句，贴切自然，不着痕迹。通过描写天台山的风光，体现了友人太一子的仙风道骨，表达了诗人对天台山的向往之情。这首诗境界高远，意境开阔，风格飘逸，形式自由，有游仙诗的特点。

自浔阳泛舟经明海①作

大江分九派②，淼漫成水乡。舟子乘利涉③，往来逗浔阳。
因之泛五湖，流浪经三湘。观涛壮枚发④，吊屈痛沉湘⑤。
魏阙⑥心恒在，金门⑦诏不忘。遥怜上林雁⑧，冰泮⑨已回翔。

【注释】

　　①明海：彭蠡湖。唐人往往称湖为海。　②派：别水也，支流。晋郭

璞《江赋》："源二分于崌崃，流九派乎浔阳。" ③利涉：船的代称。王叡《炙毂子录·序乐府》："赠人利涉，则述《公无渡河》。" ④枚发：枚乘《七发》，有"并往观涛乎广陵之曲江"一节。 ⑤沉湘：屈原自沉汨罗江，汨罗江为湘江支流。 ⑥魏阙：古代宫门外阙门，为悬布法令之地，后作朝廷代称。《庄子·让王》："身在江海之上，心居乎魏阙之下。"

⑦金门：即金马门。《后汉书·马援列传》："孝武皇帝时，善相马者东门京，铸作铜马法献之，有诏立马于鲁班门外，则更名鲁班门曰金马门。"后沿用为官署的代称。东方朔、主父偃等皆待诏金马门。 ⑧上林雁：上林，苑名，苑中养禽兽，供皇帝春秋打猎。《汉书·苏武传》："天子射上林中，得雁，足有系帛书，言武等在某泽中。"后作鸿雁传书。 ⑨冰泮：冰融，解冻。《诗经·邶风·匏有苦叶》："士如归妻，迨冰未泮。"

【评析】

这首诗是诗人自浔阳经彭蠡湖所作。诗中先写明海之景以及诗人的游览踪迹。接着以"观涛壮枚发，吊屈痛沉湘"二句过渡，由景及情。最后写诗人心系朝廷却苦于仕进无门。写景部分突出"壮"字，语言平淡而意境壮阔。抒情部分突出"痛"字，冰雪消融，在南方过冬的大雁也已飞回上林苑，而自己却仍流落江湖，不得进京入仕。同时诗人希望自己仕进的愿望能被传达于朝廷。由屈原身世联想到诗人自己，不免沉痛惆怅。这首诗亦壮亦痛，慷慨激荡，平实的语言中蕴含坎坷不平之气。全诗善用典故表情达意，枚乘观涛之壮，屈原沉江之痛，《庄子》身在江海心居魏阙之语，东方朔、主父偃待诏金马门之荣耀，苏武鸿雁传书之期望，都表达了诗人强烈的仕进愿望和入仕无门的慷慨惆怅之情。

早发渔浦潭①

东旭早光芒，渚禽已惊聒②。卧闻渔浦口，桡③声暗相拨。日出气象分，始知江路阔。美人常晏④起，照影弄流沫⑤。饮水畏惊猿，祭鱼时见獭⑥。舟行自无闷，况值晴景豁⑦。

【注释】

①渔浦潭：在今浙江富阳市南。 ②"渚禽"句：渚，小洲，水中小块陆地。聒，喧扰，声音嘈杂。 ③桡（ráo）：船桨。《淮南子·主术训》："夫七尺之桡而制船之左右者，以水为资。" ④晏：迟，晚。 ⑤沫（huì）：以手掬水洗面曰沫。 ⑥"祭鱼"句：獭捕到的鱼陈列水边，犹如祭祀，称为獭祭鱼。《礼记·王制》："獭取鲤于水裔，四方陈之，进而弗食，世谓之祭鱼。"《礼记·月令》：孟春之月，"鱼上冰，獭祭鱼，鸿雁来"。 ⑦豁：开阔。

【评析】

这是一首舟行之作。"东旭早光芒，渚禽已惊聒"写日初出景象，首句是静态，次句是动态，动静结合，使静态也具备了动感，是晨光将小洲上的禽鸟唤醒。"卧闻渔浦口，桡声暗相拨"写诗人尚未晨起，就已经听到船桨划水之声。"日出气象分，始知江路阔"写日出之后，方觉天气晴明，江路宽阔，可以行舟，表现诗人欢快的情绪。"美人常晏起，照影弄流沫"写江边以水洗面的美女，给渔浦潭增添了美感。"饮水畏惊猿，祭鱼时见獭"写江边生物，富有生活气息。末二句"舟行自无闷，况值晴景豁"抒发诗人心情，舟行水上，欣赏江边美景，又加天气晴朗，视野开阔，自然不觉烦闷。这首诗依据时间的推移，由"东旭早光芒"至"日出气象分"，最后"晴景豁"，由静而动，由声而形，由光线朦胧到光亮开阔，展现出清晨江边日出的壮美景色，表现出诗人乐观开朗、潇洒自得的心境。

经七里滩[①]

余奉垂堂[②]诫，千金非所轻。为多山水乐，频作泛舟行。
五岳追尚子[③]，三湘吊屈平[④]。湖经洞庭阔，江入新安清。
复闻严陵濑[⑤]，乃在此川路。叠嶂数百里，沿洄[⑥]非一趣。
彩翠相氛氲，别流乱奔注。钓矶[⑦]平可坐，苔磴[⑧]滑难步。
猿饮石下潭，鸟还日边树。观奇恨来晚，倚棹惜将暮。
挥手弄潺湲，从兹洗尘虑[⑨]。

【注释】

①七里滩：即七里泷，在今浙江桐庐县严陵山西。 ②垂堂：堂屋檐下。因檐瓦落下可能伤人，比喻危险的境地。《汉书·爰盎晁错传》："千金之子不垂堂，百金之子不骑衡。" ③尚子：又作"向子"，尚长，字子平，又名尚平。汉隐士。 ④"三湘"句：三湘，指沅湘、潇湘、资湘。晋陶潜《赠长沙公族祖》诗："遥遥三湘，滔滔九江。"陶澍集注："湘水发源于潇水，谓之潇湘；及至洞庭陵子口，会资江谓之资湘；又北

与沅水会于湖中，谓之沅湘。"屈平，即屈原。 ⑤严陵濑：地名，在今浙江桐庐县南。相传后汉严光（字子陵）隐居富春山，后因名其钓处为严陵濑。 ⑥沿洄：沿，顺流而下。洄，逆流而上。 ⑦钓矶：即钓台，水边突出之大石谓之矶。 ⑧苔磴：长满苔藓的石级。 ⑨"挥手"两句：潺湲，水流貌。尘虑，尘世之虑想。沈约《新安江水至清浅深见底贻京邑游好》诗："愿以潺湲水，沾君缨上尘。"

【评析】

　　这首诗是诗人漫游吴越时所作。前四句化用"千金之子不垂堂"句，写诗人知自我爱惜，本不应自涉险地，只是"为多山水乐"，故频繁游历，表现诗人对山水之乐的享受和神往。中十四句紧承"频"字而来，首先写遍游各地，继而写严陵濑之游。后四句写游览感受，"恨来晚""惜将暮"表现诗人意犹未尽，体现严陵濑景色之奇。全诗围绕"奇"字展开，七里滩的奇丽景色——严子陵遗迹，钓台虽平坦可坐，但长满苔藓的石级滑汰难行，人迹罕至，而鸟兽相安。最后写诗人流连忘返，表现游览山水之乐趣。

南阳北阻雪[①]

我行滞宛许[②]，日夕望京豫[③]。旷野莽茫茫[④]，乡山[⑤]在何处。
孤烟村际起，归雁天边去。积雪覆平皋[⑥]，饥鹰捉寒兔。
少年弄文墨，属意在章句[⑦]。十上耻还家[⑧]，徘徊守归路。

【注释】

①诗题又作"南归阻雪"。 ②"我行"句：滞，阻滞，停留。宛，汉南阳郡有宛县，地在今河南南阳市。许，周为许国，为楚所灭，唐置许州，即今河南许昌市。 ③京豫：疑当作"荆豫"。 ④"旷野"句：阮籍《咏怀》诗十六："旷野莽茫茫。" ⑤乡山：指家乡。 ⑥皋：岸，水旁地。 ⑦"属意"句：属意，专意。章句，此指诗赋等著作。 ⑧"十上"句：《战国策·秦策一》："（苏秦）说秦王书十上而说不行。黑貂之裘弊，黄金百斤尽，资用乏绝，去秦而归。嬴縢履蹻，负书担橐，形容枯槁，面目犁黑，状有归色。归至家，妻不下纴，嫂不为炊，父母不与言。"

【评析】

这是一首行旅诗。诗人落第归乡，途中遇雪，被阻南阳北。前四句破题，首二句点明"南阳北"，三、四句点明"雪"。中四句写雪景，"孤烟村际起"句写日暮时分，孤寂无依。"归雁天边去"句写岁末之时，思归故乡。"积雪覆平皋"句写岁末日暮之际路遇大雪相阻，其悲凉之情更甚一层。"饥鹰捉寒兔"句写茫茫雪野，无所得见，只见鹰捉兔，"饥"和"寒"体现诗人当时的心境。饥鹰和寒兔皆是为了基本的谋生，雪天尚且奔波在外，诗人亦是如此，见鹰兔则自悲自叹。末四句写心情，少年学文，一朝落第，借苏秦说秦而归的典故，表达诗人愤懑羞愧之感。本诗善于捕捉典型景物描写雪景，孤烟、归雁、饥鹰、寒兔，构成雪后苍茫空旷寂寥的意境，寓情于景，表达诗人落第后凄凉孤寂的惆怅之情。

将适天台①留别临安李主簿

枳棘②君尚栖，匏瓜吾岂系③。念离当夏首，漂泊指炎裔④。江海非堕游⑤，田园失归计。定山既早发，渔浦亦宵济⑥。泛泛随波澜，行行任舻枻⑦。故林⑧日已远，群木坐⑨成翳。羽人在丹丘⑩，吾亦从此逝。

【注释】

①天台：地名，在今浙江省境内。　②枳棘：有刺之木，喻谗佞也，或指艰难险恶的环境。左思《咏史》："出门无通路，枳棘塞中涂。"　③"匏瓜"句：《论语·阳货》："吾岂匏瓜也哉？焉能系而不食。"比喻自己无法像匏瓜那样系悬着而不让人食用，应该出仕，有所作为。后用以比喻有才能的人却不为世所用。　④炎裔：南方边远之地。　⑤堕游：当作"惰游"，谓失业闲游。《礼记·玉藻》："垂缕五寸，惰游之士也。"　⑥"定山"二句：谢灵运《富春渚》："宵济渔浦潭，旦及富春郭。定山缅云雾，赤亭无淹薄。"此处应为"渔浦亦宵济，定山既早发"，为押韵而颠倒。　⑦舻枻（yì）：代指船。舻，船头。枻，短桨。　⑧故林：旧时的山林。　⑨坐：旋也，谓转眼之间。　⑩"羽人"句：羽人，神话中有羽翼的人，即仙人，因道家修仙，故称道士为羽人。丹丘，亦作"丹邱"。传说中神仙所居之地。《楚辞·远游》："仍羽人于丹丘兮，留不死之旧乡。"

【评析】

  这首诗是诗人自洛之越以后所作,诗人将游天台,写此诗留别临安李主簿。首二句写李主簿处境艰难,而诗人亦不为世所用。三、四句点题,"念离""漂泊"表达惜别之情和漂泊之感。五、六句写诗人泛游江海,并非闲游,也并非不想归乡,只是因为难于还乡。此处之难,并非路途遥远,而是诗人心理之难。接着写诗人行程。末二句表达远离世俗、归隐山林之意。全诗沉郁顿挫,亦悲亦壮,抒发诗人凡俗之愁、行旅之苦和对坎坷人生的感慨。

送辛大之鄂渚不及[①]

送君不相见,日暮独愁绪。江上久徘徊,天边迷处所。
郡邑经樊邓[②],云山入嵩汝[③]。蒲轮[④]去渐遥,石径徒延伫[⑤]。

【注释】

  ①辛大:孟浩然诗集中有四首诗提及,诗中称他为"辛居士""世外交""林中契"等,当是一位隐士。鄂渚:今湖北武汉市武昌西长江中。　②樊邓:樊城、邓州。樊城,故城在今湖北襄阳市。邓州,今河南邓州市。　③嵩汝:嵩山、汝水。嵩山,在今河南登封市。汝水,源出河南嵩县西南天息山,流经新蔡县入淮。　④蒲轮:以蒲草裹轮,使车不震动,古时征聘贤士时用之,以示礼敬。《汉书·武帝纪》:"遣使者安车蒲轮,束帛加璧,征鲁申公。"此处指辛大所乘车。　⑤延伫:久立等待。《离

骚》："时暧暧其将罢兮,结幽兰而延伫。"

【评析】

　　这首诗写诗人送别辛大,但辛大已远行,未及见面相送,诗人于江边徘徊远望,心中深感遗憾而惆怅不已。"送君不相见",首句破题,"日暮独愁绪"承上句而来,送友不见,况值日暮,更添愁绪。"江上久徘徊"写彷徨,表现不安之感。"天边迷处所"写远望,表达惜别之意。后四句写朋友已远离,诗人徒留江边。诗歌围绕"愁"字展开,送友不及,远望不见,通过诗人"久徘徊""徒延伫"两处动作描写,表达诗人对友人的依依不舍之情和送友不及的遗憾之感。

洗然①弟竹亭

吾与二三子②,平生结交深。俱怀鸿鹄志③,昔有鹡鸰④心。
逸气假毫翰⑤,清风在竹林⑥。达是酒中趣⑦,琴上偶然音⑧。

【注释】

　　①洗然:孟浩然之弟,曾赴科举,孟浩然有《送洗然弟进士举》诗。②二三子:诸位,几个人。《论语·阳货》:"子曰:'二三子,偃之言是也。'"　③鸿鹄志:《史记·陈涉世家》:"燕雀安知鸿鹄之志哉?"指志向远大。　④鹡鸰(jí líng):《诗经·小雅·棠棣》:"脊令在原,兄弟急难。"脊令,即"鹡鸰",鸟名,后用以比喻兄弟。袁宏《三国名臣序赞》:"岂无鹡鸰,固慎名器。"　⑤"逸气"句:逸气,超脱世俗的气

概、气度。曹丕《与吴质书》："公干有逸气,但未遒耳。"假,凭借,依托。毫翰,文章。毫,笔。翰,用笔所书者为翰。 ⑥"清风"句:《世说新语·任诞》:"陈留阮籍、谯国嵇康、河内山涛三人年皆相比,康年少亚之。预此契者,沛国刘伶、陈留阮咸、河内向秀、琅邪王戎。七人常集于竹林之下,肆意酣畅,故世谓竹林七贤。" ⑦酒中趣:《晋书·桓温传》附《孟嘉传》:"(孟)嘉好酣饮,愈多不乱。温问嘉:'酒有何好而卿嗜之?'嘉曰:'公未得酒中趣耳。'" ⑧"琴上"句:《晋书·陶潜传》:"性不解音而畜素琴一张,弦徽不具。每朋酒之会,则抚而和之,曰:'但识琴中趣,何劳弦上声。'"

【评析】

　　孟浩然《入峡寄弟》诗云:"吾昔与汝辈,读书常闭门。"可推知诗人有弟数人。这首诗先叙兄弟情谊,次写兄弟们皆意气风发,有凌云之志。"清风"既指竹亭的清爽,也暗喻兄弟们的高风亮节。"酒中趣"化用孟嘉故事,"琴上偶然音"则化用陶潜故事,表现诗人弟兄几人潇洒自适的性格和清雅高洁的情趣,有竹林七贤之风。全诗语淡而洒脱,情感深挚而自然。

岘潭①作

　　石潭傍隈隩②,沙岸晓夤缘③。试垂竹竿钓,果得查头鳊④。
　　美人骋金错⑤,纤手脍红鲜⑥。因谢陆内史⑦,莼羹⑧何足传。

【注释】

①岘潭：指岘山下、汉江岸弯曲的水潭。　②隈隩（wēi yù）：隈，山边弯曲处。《管子·形势》："大山之隈，奚有于深。"隩，水岸弯曲处。谢灵运《从斤竹涧越岭溪行》："逶迤傍隈隩，苕递陟陉岘。"　③夤（yín）缘：攀缘，攀附。左思《吴都赋》："夤缘山岳之岊，幂历江海之流。"　④查头鳊（biān）：即鳊鱼，因常用槎拦截捕捉，故又称槎头鳊，缩头、弓背、大腹，味美。　⑤"美人"句：骋，施展。金错，即金错刀，刀名，以黄金装饰或涂饰刀环。此处是对菜刀的美称。张衡《四愁诗》："美人赠我金错刀，何以报之英琼瑶。"　⑥"纤手"句：纤手，指女性纤细的手。鲙，切鱼肉使细。红鲜，指捕获的鳊鱼。　⑦陆内史：指晋陆机，曾为平原内史，故称陆内史。《世说新语·言语》："陆机诣王武子，武子前置数斛羊酪，指以示陆曰：'卿江东何以敌此？'陆云：'有千里莼羹，但未下盐豉耳。'"　⑧莼（chún）羹：用莼菜做的羹。莼，又叫水葵，叶椭圆，有长柄，浮水面，可作羹。

【评析】

这首诗写诗人在岘潭垂钓、鲙鱼之事。先写石潭的地理环境，位于水岸迂曲的幽僻之地，盛产查头鳊。次写垂钓，"果"字表明事遂初愿，欣喜之情溢于言表。后写鲙鱼，美人、金错、纤手、红鲜，皆意在表现鳊鱼之美味。末两句盛赞鳊鱼之美，与鳊鱼相比，陆机所言莼羹亦不足道。全诗由攀缘、垂钓，到鲙鱼，一气呵成，表现鳊鱼之美味，表达诗人喜悦自得之情。语言平实而兴味盎然。

同张明府清镜叹①

妾有盘龙镜②,清光常昼发。自从生尘埃,有若雾中月。
愁来试取照,坐叹③生白发。寄语边塞人,如何久离别。

【注释】

①同:和,应和。张明府:即张愿,襄阳人,张柬之之孙,开元十七年(729)为奉先令。唐代称县令为"明府"。 ②盘龙镜:庾信《镜赋》:"镂五色之盘龙,刻千年之古字。" ③坐叹:犹深叹。

【评析】

这是一首应和诗,诗人为和张明府诗而作。诗中塑造了一个思妇形象。思妇久不自照,致使镜面生尘,愁来览镜,方见白发已生。诗歌通过盘龙镜"生尘埃"、思妇"生白发"来写思妇之愁绪,至末二句始点明"边塞人",知思妇之哀愁皆因长久离别、思念边塞远行之人所起。全诗运用比兴寄托手法,以思妇自喻,寄予了诗人的身世之叹。

夏日南亭怀辛大①

山光忽西落②,池月渐东上。散发③乘夜凉,开轩卧闲敞④。
荷风送香气,竹露滴清响。欲取鸣琴弹,恨无知音赏⑤。

感此怀故人⑥,中宵⑦劳梦想。

【注释】

①南亭:当为孟浩然隐居处之小亭。辛大:孟浩然诗集中有四首诗提及,诗中称他为"辛居士""世外交""林中契"等,当是一位隐士。　②"山光"句:山光,指傍山而落的太阳。忽,急速貌。　③散发:古时男子束发戴冠,暇时可将头发散开,闲适自由,不受拘束。　④"开轩"句:轩,长廊之有窗也,此指窗。闲敞,阔大空旷。汉张衡《南都赋》:"体爽垲以闲敞,纷郁郁其难详。"　⑤"欲取"二句:鸣琴,《张七及辛大见访》诗云:"居士好弹筝。"是辛大亦知音,故取琴而示辛。知音,用俞伯牙、钟子期故事,此指辛大。　⑥故人:指辛大。　⑦中宵:中夜,半夜。陶渊明《辛丑岁七月赴假还江陵夜行涂中》诗:"怀役不遑寐,中宵尚孤征。"

【评析】

这首诗写夏日水亭纳凉的清爽闲适,同时表达对朋友辛大的思念之情。诗歌先写夏日傍晚日落月升,暑热渐退,凉意渐生,表现诗人舒适轻松之感,引起下文乘凉。继而写纳凉之时,荷花飘香,竹露清响,一嗅觉一听觉,表现诗人悠然自在的心情。然后运用俞伯牙和钟子期的典故,写诗人兴致盎然,欲弹琴自乐,可惜无有知音相赏。南朝梁刘勰《文心雕龙·知音》:"音实难知,知实难逢,逢其知音,千载其一乎!"知音难得,由此过渡到怀人。最后写对友人的怀念和内心的遗憾至中夜尚难以释怀。诗人的活动依时间顺序展开,如行云流水,顺畅自然,语淡意长,韵味醇厚。

秋宵①月下有怀

秋空明月悬,光彩露沾湿。惊鹊栖不定,飞萤卷帘入。

庭槐寒影疏,邻杵②夜声急。佳期旷何许③,望望空伫立④。

【注释】

①秋宵:秋天夜晚。 ②杵:舂米、捣衣、筑土用的棒槌。 ③"佳期"句:佳期,原指男女约会之期,后多指同亲友重晤或故地重游之期。谢朓《晚登三山还望京邑》诗:"佳期怅何许,泪下如流霰。"旷,旷远,遥远。何许,多少,此处指时间漫长。 ④"望望"句:望望,瞻望之貌也。《礼记·问丧》:"其往送也,望望然,汲汲然,如有追而弗及也。"伫立,长久站立。《诗经·邶风·燕燕》:"瞻望弗及,伫立以泣。"

【评析】

这首诗写秋宵赏月抒怀。前两句点明诗题中"秋宵月下"。"光彩露沾湿"写月光仿佛被露水沾湿,突出月光之清冷和朦胧之感,想象奇特,造意新颖。中四句看似未写月光,实句句未离月光。首先写月光之明,燕雀误以为是白天,栖息不定;飞萤顺着卷起的帘子飞入房内。其次写月光之寒,月下稀疏的槐影让人备感凄冷。最后写月下之人,通过听觉描写月下之人的活动,让人感觉到冬月的迫近。末两句抒情,诗人所谓的"佳期"并未确指其意,渺茫旷远,仿佛遥遥无期,然而又带有一丝期许。全诗以平常景入诗,描写细腻生动。诗中情感似悲似喜,含蓄蕴藉。

仲夏归南园寄京邑旧游①

尝读高士传②,最嘉陶征君③。日耽④田园趣,自谓羲皇人⑤。
余复何为者,栖栖⑥徒问津。中年废丘壑,上国⑦旅风尘。
忠欲事明主,孝思侍老亲。归来冒炎暑,耕稼不及春。
扇枕⑧北窗下,采芝南涧滨。因声谢⑨朝列,吾慕颍阳⑩真。

【注释】

①仲夏:农历五月。南园:当指孟浩然隐居之所。旧游:故友,老朋友。 ②高士传:书名。一曰三国魏嵇康撰,已佚。一曰晋皇甫谧撰,三卷,载古高隐之士。 ③陶征君:指陶渊明。征君,指不就朝廷征聘之士。 ④耽:沉溺,玩乐。 ⑤羲皇人:陶渊明《与子俨等疏》:"尝言五六月中北窗下卧,遇凉风暂至,自谓是羲皇上人。"古人认为上古之人恬淡无欲,故以羲皇人喻清静自处、心无俗念之人。羲皇,伏羲。 ⑥栖栖(xī xī):忙碌不安貌。《论语·宪问》:"微生亩谓孔子曰:'丘何为是栖栖者与?无乃为佞乎?'" ⑦上国:京城,京师。 ⑧扇枕:汉黄香、晋王延皆有事亲夏扇枕、冬温席事,后遂以"扇枕温席"为事亲尽孝的典故。 ⑨谢:告诉。 ⑩颍阳:传说古高士巢父、许由隐居颍水之北,尧让天下而不有。后以颍阳指巢父、许由,又指隐居之士。

【评析】

诗人四十岁左右上京应试,落第而归。这首诗当为落第归乡后所作,寄京城旧友以抒怀述志。诗中写诗人本仰慕陶渊明，长期隐居田园，自得其乐，不知何故，风尘仆仆上京应试，竟至不得在家尽孝，同时又耽误农时。而今，诗人得以隐居深山，事亲膝下，从此辞别朝列，像巢父和许由那样不问世事，长隐田园。这首诗善用典故，陶渊明、黄香、王延、巢父、许由等皆是隐者或至孝之人，表明诗人追慕高士、长隐山林的决心。这是一首寄给京城朋友的书信，平静的诉说中，表露出诗人内心复杂的情绪，有不平，有无奈，还有洒脱。

家园卧疾毕太祝见寻①

伏枕旧游旷②，笙歌③劳梦思。平生重交结，迨④此令人疑。
冰室无暖气，炎云空赫曦⑤。隙驹不暂驻⑥，日听凉蝉悲。
壮图竟未立，斑白⑦恨吾衰。夫子⑧自南楚，缅怀嵩汝期⑨。

【注释】

①诗题又作"家园卧疾毕太祝曜见寻"。毕太祝，即毕曜。毕曜，开元中曾任太祝，后获罪流放黔中。工诗，与孟浩然、杜甫、独孤及、钱起相友善。　②旷：疏远，稀少。　③笙歌：《诗经·小雅·鹿鸣》："呦呦鹿鸣，食野之苹。我有嘉宾，鼓瑟吹笙。"《诗序》以此诗为"燕群臣嘉宾"之诗，此处指朋友之间的欢聚。　④迨：及。　⑤"炎云"句：炎云，红色的云。南朝梁江淹《四时赋》："炎云峰起，芳树未移。"赫曦，又作"赫戏"，光明炎盛貌。潘岳《在怀县作》诗："初伏启新节，隆暑方赫曦。"　⑥隙驹：《庄子·知北游》："人生天地之间，若白驹过隙。"

后以隙驹喻易逝的光阴。 ⑦班白：同"斑白"，头发花白。 ⑧夫子：此指对毕太祝的尊称。 ⑨"缅怀"句：缅怀，即遥想，追念。陶渊明《扇上画赞》："缅怀千载，托契孤游。"嵩汝期，往游或隐居嵩山汝水之约。嵩汝，嵩山、汝水。

【评析】

这首诗写诗人卧病在家，故友来访。全诗主要写诗人病中郁闷之情。诗人《岁暮归南山》诗所言："不才明主弃，多病故人疏。"可与此诗相互印证，旧友疏远，时光流逝，老年已至，而壮图未成。紧扣题中"家园卧疾"四字，表现诗人身心俱病的状态。末两句写毕太祝来访，一慰孤寂。宋本于此句后尚存八句："顾予衡茅下，兼致禀物资。脱分趋庭礼，殷勤伐木诗。脱君车前鞅，设我园中葵。斗酒须寒兴，明朝难重持。"写主客对饮，体现诗人欣慰感激之情。全诗直抒胸臆，表达病中苦闷惆怅之感。

晚泊浔阳望香炉峰①

挂席②几千里，名山都未逢。泊舟浔阳郭，始见香炉峰。
尝读远公③传，永怀尘外踪。东林精舍近④，日暮空闻钟。

【注释】

①浔阳：即今江西九江市，位于江西省北部，东临鄱阳湖，南接庐山，因在浔水之阳而得名。香炉峰：庐山峰名，孤峰秀起，是庐山中最著

名的山峰之一。　②挂席：扬帆行舟。谢灵运《游赤石进帆海》诗："扬帆采石华，挂席拾海月。"　③远公：即僧人慧远。　④"东林"句：精舍，即佛舍，道士、僧人修炼居住之所，因释迦牟尼曾在祇园精舍说法，故后世相沿称佛舍为精舍。东林精舍，指慧远曾居住的东林寺，在庐山山麓。《高僧传》："（慧远）见庐峰清静，足以息心，始住龙泉精舍。……时有沙门慧永居在西林，与远同门旧好，遂邀远同止。……（刺史）桓（伊）乃为远复于山东更立房殿，即东林是也。"

【评析】

　　这首诗写诗人晚泊浔阳，远望香炉峰，追慕高僧慧远。诗人行舟几千里，都未逢名山，有些许失望遗憾。至香炉峰，诗人如获至宝，泊舟浔阳城外以观赏。但接下来，诗歌并未描写所望香炉峰的景色，而是笔锋一转，写到曾居于庐山东林寺的高僧慧远，引起诗人追慕之情。于是访至东林寺精舍附近，然而高人已去，只有日暮时分寺中钟声传来，不免惆怅伤感，此又是一转。这首诗虽然短小，结构却曲折有致，精致巧妙，诗人情感亦一波三折，意蕴悠长。

入峡寄弟

吾昔与汝辈，读书常闭门。未尝冒湍险，岂顾垂堂①言。
自此历江湖，辛勤②难具论。往来行旅弊，开凿禹功存。
壁立千峰峻，潈③流万壑奔。我来凡几宿，无夕不闻猿。
浦上摇归恋，舟中失梦魂。泪沾明月峡④，心断鹡鸰⑤原。

离阔星难聚⑥，秋深露已繁。因君下南楚，书此寄乡园。

【注释】

①垂堂：堂屋檐下。因檐瓦落下可能伤人，喻危险境地。《汉书·爰盎晁错传》："千金之子不垂堂，百金之子不骑衡。" ②辛勤：辛苦勤劳。 ③潨（cóng）：小水流入大水，众水交汇处。《诗经·大雅·凫鹥》："凫鹥在潨。" ④明月峡：《太平寰宇记·山南西道·渝州》："明月峡在（巴）县东北八十里……其壁有圆孔，形若满月，因以为名。" ⑤鹡鸰：也作"脊令"，一种嘴细，尾、翅都很长的小鸟，只要一只离群，其余的就都鸣叫起来，寻找同类。比喻漂泊异地的兄弟急待救援。《诗经·小雅·棠棣》："脊令在原，兄弟急难。每有良朋，况也求叹。" ⑥"离阔"句：离阔，阔别。星难聚，星散，指兄弟离别。

【评析】

这首诗抒发诗人远涉江海之苦和怀乡忆弟之情。首先写兄弟们昔日闭门读书，未曾冒险，与下文的行旅艰险形成对比。其次写行旅之苦，正是因为平素"未尝冒湍险"，故而更感觉"辛勤难具论"。其"辛勤"有旅途之疲困，山路之峻峭，水行之凶险，猿鸣之哀怨。"无夕不闻猿"句由旅途之"辛勤"过渡到思乡怀人之情，猿鸣哀怨，故更思恋故乡及亲人。"浦上摇归恋，舟中失梦魂"二句，一写清醒时，一写梦境中，无时不在思恋。"泪沾明月峡，心断鹡鸰原"二句，一写水路，一写陆路，无地不在思恋。"秋深露已繁"一句，以景传情，况值深秋，更添愁绪。全诗写景亦悲亦壮，借景达情，情真意切。构思精巧，却不事雕琢，不着痕迹。语言清淡，如家常语。

送丁大凤进士赴举呈张九龄①

吾观鹪鹩赋②,君负王佐才③。惜无金张④援,十上空归来⑤。弃置乡园老,翻飞羽翼摧⑥。故人今在位⑦,岐路莫迟回⑧。

【注释】

①丁大凤:丁凤,行大,故称丁大凤,孟浩然同乡友人。进士赴举:赴进士科的考试。 ②鹪鹩赋:晋张华因愤世嫉俗,作《鹪鹩赋》,通过对鸟的褒贬,抒发政治观点,引起巨大反响,阮籍叹其有王佐之才,张华自此声名始著。见《晋书·张华传》。 ③王佐才:辅助帝王治国的才能。 ④金张:金,汉金日䃅家,自武帝至平帝,七世为内侍。张,张汤后世,自宣帝、元帝以来,为侍中、中常侍者十余人。后因以金张为功臣世族的代称。 ⑤"十上"句:多次向皇帝上书皆无果而归。《战国策·秦策一》:"(苏秦)说秦王书十上而说不行。黑貂之裘弊,黄金百斤尽,资用乏绝,去秦而归。" ⑥"翻飞"句:摧,损坏,毁败。祢衡《鹦鹉赋》:"顾六翮之残毁,虽奋迅其焉如。" ⑦"故人"句:故人,指张九龄,时任宰相。 ⑧"岐路"句:岐,同"歧",歧路,即岔道,此处指隐与仕两条道路,故曰歧路。迟回,迟疑徘徊。《后汉书·邓张徐张胡列传》:"方轨易因,险涂难御,故昔人明慎于所受之分,迟迟于岐路之间也。"

【评析】

这是一首送别诗,友人丁凤赴进士举,诗人写诗相送,并向时任宰相的张九龄推荐丁凤。一、二句写丁凤之才，借用晋张华的典实，表现丁凤才华横溢、有王佐之才。三、四句写丁凤之惋惜，只因没有王公贵族的举荐，丁凤多次无功而返。五、六句写丁凤之弃置，蛰居乡园，年岁渐老，不能振翅高飞。七、八句表达举荐意，故人张九龄身居高位，丁凤不用犹豫徘徊于歧路，出仕大有希望。中四句既是感慨丁凤的怀才不遇，也是诗人悲叹自身的遭遇，透露出诗人对贤才弃置乡野的愤慨之情。

送陈七赴西军①

吾观非常者②，碌碌③在目前。君负鸿鹄志④，蹉跎书剑年⑤。一闻边烽动，万里忽争先。余亦赴京国⑥，何当献凯还。

【注释】

①陈七：姓陈，行七，当是孟浩然同乡友人。西军：西方边疆防守的军队。开元十五年（727）九月，吐蕃攻陷瓜州。闰九月，围攻安西城。十二月，唐政府征调陇右道、河西道、关中、朔方军队防守。 ②非常者：非凡的人。 ③碌碌：平凡无奇。 ④鸿鹄志：《史记·陈涉世家》："燕雀安知鸿鹄之志哉？"此以鸿鹄喻陈七，言其志向远大。 ⑤"蹉跎"句：书剑，读书做官、仗剑从军，指文武之事。《史记·项羽本纪》："项籍少时，学书不成，去；学剑，又不成。" ⑥京国：指京城。

【评析】

这是一首送别之作。开元十六年（728）前后，诗人赴长安应试，落第而归，这首诗当作于开元十五年（727）冬诗人上京赴举之前。诗歌写陈七是志向远大的非凡之人，多年来却蹉跎岁月，碌碌无为。此次赴军，终于可以一展宏图，建功立业，以偿夙愿。诗中既是写陈七，又是写诗人自己。"余亦赴京国，何当献凯还"，既是激励陈七，也是诗人自我勉励，表现诗人踌躇满志的精神状态。全诗风格慷慨激昂，一改诗人田园山水诗悠游闲适的风格。

田家作

弊庐隔尘喧，惟先养恬素①。卜邻劳三径②，植果盈千树。
粤余任推迁③，三十犹未遇。书枕时将晚，丘园日已暮。
晨兴自多怀，昼坐常寡悟。冲天羡鸿鹄，争食羞鸡鹜。
望断金马门④，劳歌采樵路。乡曲⑤无知己，朝端⑥乏亲故。
谁能为扬雄，一荐甘泉赋⑦。

【注释】

①"惟先"句：惟，发语词。先，先世。恬素，恬静淡然。 ②"卜邻"句：卜邻，择邻。《左传·昭公三年》："且谚曰：'非宅是卜，惟邻是卜。'二三子先卜邻矣。"三径，汉赵岐《三辅决录·逃名》记载，西汉末，兖州刺史蒋诩告病辞官，隐居乡里，于院中辟三径，唯与求仲、羊仲来往。后常用三径指代家园或隐者居处。陶渊明《归去来兮辞》："三径就荒，松菊犹存。" ③"粤余"句：粤，助词，用于句首或句中，与"曰"通。推迁，时光推移变迁。陶渊明《荣木》序曰："日月推迁，已复九夏。总角闻

道,白首无成。" ④金马门:《后汉书·马援列传》:"孝武皇帝时,善相马者东门京,铸作铜马法献之,有诏立马于鲁班门外,则更名鲁班门曰金马门。"后沿用为官署的代称。东方朔、主父偃等皆待诏金马门。 ⑤乡曲:村野,故里。 ⑥朝端:南朝梁任昉《齐竟陵文宣王行状》:"敷奏朝端,百揆惟穆。" ⑦甘泉赋:汉扬雄作。其序云:"孝成帝时,客有荐雄似相如者,上方郊祠甘泉泰畤、汾阴后土,以求继嗣,召雄待诏承明之庭。正月,从上甘泉还,奏《甘泉赋》以风。"后因以《甘泉赋》喻指进献主上而受到赏识的文章。

【评析】

　　这首诗当作于诗人三十岁左右,反映了诗人隐居田园时的思想情感。诗人长年隐居,怡情养性,时间推移,年岁渐老,而功业未建。"冲天羡鸿鹄,争食羞鸡鹜",写诗人艳羡鸿鹄能够一飞冲天,羞于像鸡鸭一样争食,平庸一生,表现诗人强烈的用世之心。"望断金马门,劳歌采樵路",写诗人虽身在田园,但心向朝廷。怎奈无有知己亲故推举,何时才能像扬雄一样得遂夙愿呢?全诗语言朴实自然,直抒胸臆,表现诗人身在田园、心向庙堂的心境。

从张丞相游纪南城猎戏赠裴迪张参军①

　　从禽非吾乐②,不好云梦田③。岁晏④临城望,只令乡思悬。
参卿有数子,联骑何翩翩。世禄金张⑤贵,官曹幕府连。
岁时行杀气,飞刃争割鲜。十里届宾馆,徵声匝妓筵⑥。

高标回落日⑦,平楚⑧压芳烟。何意狂歌客⑨,从公亦在旃⑩。

【注释】

①张丞相:即张九龄,时为荆州大都督府长史。纪南城:古楚都所在,在今湖北江陵。裴迪:唐代诗人,开元末在张九龄幕府。张参军:张諲,行五,唐代诗人兼书画家,孟浩然有《秋登万山寄张五》诗。②"从禽"句:《三国志·魏书·辛毗杨阜高堂隆传》:"若逸于游田,晨出昏归,以一日从禽之娱,而忘无垠之衅,愚窃惑之。"从禽,田猎时追逐禽兽。③云梦田:云梦,古泽名,春秋战国时的游猎区。田,同"畋",打猎。④岁晏:岁晚,岁末。⑤金张:代指功臣世族。⑥"徵(zhǐ)声"句:徵,五音之一。《律历志》曰:"徵者,祉也,万物大盛蕃祉也。"旋律热烈欢快,活泼轻松,具有"火"之特性。妓筵,有歌妓侍奉的筵席。⑦"高标"句:左思《蜀都赋》:"羲和假道于峻岐,阳乌回翼乎高标。"吕延济注:"高标,高枝也。驭日至此,碍于高树,故假道而行。"⑧平楚:登高远望,见树梢齐平,故称平楚。楚,丛木。⑨狂歌客:狂歌,纵情歌咏。狂歌客,指放荡不羁的人,此处指裴迪。王维《辋川闲居赠裴秀才迪》:"复值接舆醉,狂歌五柳前。"⑩旃(zhān):"之焉"的合音字。《诗经·魏风·陟岵》:"上慎旃哉,犹来无止。"

【评析】

谭优学先生在《孟浩然行止考实》中云:"开元二十五年,(孟浩然)四十九岁,四月,张九龄贬为荆州长史,辟浩然为从事,与之唱和,诗人裴迪同在。"这首诗是写诗人在纪南城随张九龄狩猎事。前四句写诗人岁末思乡,无心狩猎。三、四句又作"岁暮登城望,偏令相思悬",疑是。意谓本不喜狩猎,但是岁末登城远望,看到别人狩猎场面,偏偏心向往之。"乡思"疑非。中八句写随从张九龄狩猎饮宴场面,翩翩联骑,高贵公卿,岁时割鲜,徵声匝筵,气氛飞扬热烈。后四句写日夕狩猎毕,才发现裴迪也在其中,颇有戏谑成分。全诗语言平易,不乏诙谐,风格潇洒豪放有侠气。

登望楚山①最高顶

山水观形胜②,襄阳美会稽③。最高惟望楚,曾未一攀跻④。石壁疑削成,众山比全低。晴明试登陟⑤,目极无端倪⑥。云梦⑦掌中小,武陵⑧花处迷。暝还归骑下,萝月⑨在深溪。

【注释】

①望楚山:在湖北襄阳。传说周时,秦与齐、韩、魏攻楚,曾登此山以望楚,故名。 ②形胜:优美的风景。 ③会(kuài)稽:地名,秦置会稽郡,治所在吴县,地当在今江苏东南部及浙江西部。隋开皇九年(589)析山阴县置会稽县,唐因之。 ④攀跻:攀登。 ⑤登陟:登上。

⑥端倪:边际,头绪。《庄子·大宗师》:"反覆终始,不知端倪。"

⑦云梦:泽名。 ⑧武陵:陶渊明《桃花源记》:"晋太元中,武陵人捕鱼为业。缘溪行,忘路之远近。忽逢桃花林,夹岸数百步,中无杂树,芳草鲜美,落英缤纷。渔人甚异之,复前行。……遂迷,不复得路。"此处当代指桃花源。 ⑨萝月:藤萝间的明月。鲍照、王延秀等《月下登楼连句》:"佛仿萝月光,缤纷篁雾阴。"

【评析】

　　开元二十年（732），孟浩然游吴越回襄阳，不久，他登览了襄阳城南的望楚山。这首诗主要写登山所见。先以议论开篇，极言望楚山是襄阳周边最高峰，但从未登临，今幸得攀跻，诗人兴奋之情可想而知。接着描写望楚山之高峻陡峭。"石壁疑削成"正面写山之陡，"众山比全低"对比写山之高。"无端倪""掌中小""花处迷"皆是通过诗人的主观错觉侧面表现望楚山之高峻。最后写入夜游兴未尽，乘月下山。全诗从不同角度写望楚山的高峻壮观，用笔新颖，意境壮阔雄丽。至下山途中，意境则恬淡静谧，似一首雄壮之曲，最后于柔和平静的旋律中结束。

采樵作

采樵入深山，山深水重叠。桥崩卧查拥①，路险垂藤接。
日落伴将稀，山风拂薜衣②。长歌负轻策③，平野望烟归。

【注释】

　　①"桥崩"句：查，亦作"楂""槎"，水中浮木，木筏。拥，堆积在一起。　②薜衣：薜荔做成的衣服。屈原《山鬼》："若有人兮山之阿，被薜荔兮带女萝。"后以薜衣指隐士的服装。　③"长歌"句：长歌，长声歌咏。负，挂，仗持。策，拐杖。

【评析】

　　这首诗写山中采樵时所见山中之景。"桥崩卧查拥，路险垂藤接"写山中之险。桥梁断了,凭借水中浮木渡水过去;山路陡滑,抓住山藤攀缘而上。最后写日暮拄杖长歌而归。全诗写山中采樵,与其说是感慨采樵之艰险,不如说是表现采樵之乐趣,体现诗人悠闲安逸的兴致和山中闲居劳作之雅趣。

与黄侍御北津①泛舟

津无蛟龙患②,日夕常安流。本欲避骢马③,何知同鹢舟④。
岂伊今日幸,曾是昔年游。莫奏琴中鹤⑤,且随波上鸥⑥。
堤缘九里郭,山面百城楼。自顾躬耕者,才非管乐俦⑦。
闻君荐草泽,从此泛沧洲⑧。

【注释】

①北津:在今湖北襄阳市北。 ②蛟龙患:盛弘之《荆州记》云:"沔水隈潭极深,先有蛟为害。邓遐为襄阳太守,拔剑入水,蛟绕其足,遐自挥剑截蛟数段,流血丹水,勇冠当时。于后遂无蛟患。" ③骢(cōng)马:又作"骢马"。《后汉书·桓荣丁鸿列传》附《桓典传》:东汉桓典为御史,常乘骢马,无所畏避,后因用骢马为御史之代称或执法严峻之典。 ④鹢(yì)舟:鹢,鸟名。鹢舟,船。画鹢首于船头,故名。
⑤琴中鹤:当指乐府琴曲名《别鹤操》,相传商陵牧子娶妻五年无子,父兄命其休妻。牧子悲伤作歌曰:"将乖比翼隔天端,山川悠远路漫漫,揽衣不寝食忘餐。"后人为之谱曲,名为《别鹤操》,乃叙别离之曲。
⑥波上鸥:《列子·黄帝》:"海上之人有好沤鸟者,每旦之海上,从沤

鸟游，沤鸟之至者百，住而不止。"沤，同"鸥"。后以狎鸥指隐逸，此处指摆脱尘俗而无机心。 ⑦"自顾"二句：《三国志·蜀书·诸葛亮传》云诸葛亮躬耕陇亩，"每自比于管仲、乐毅"。管仲，春秋齐相，相桓公，名显诸侯。乐毅，战国燕将，统领五国之师伐齐，下齐七十余城，以功封昌国君。 ⑧沧洲：临水之地，古指隐者所居。谢朓《之宣城郡出新林浦向板桥》诗："既欢怀禄情，复协沧洲趣。"

【评析】

　　这首诗写诗人与友人泛舟北津的情景，表明诗人无意仕宦的决心和悠游山水的雅兴。诗中多用典故，"本欲避骢马"用桓典故事，既切合黄侍御的身份，又暗赞其刚正不阿、执法严峻的品质。"何知同鹢舟"暗用郭太典故，《后汉书·郭太列传》记载郭太"唯与李膺同舟而济"，诗人以此表明与友人黄侍御志同道合、互为知己之意。"莫奏琴中鹤"用牧子典故，表达不忍离别之情。"自顾躬耕者，才非管乐俦"用诸葛亮故事，乃诗人自谦之辞，同时表明诗人无意官场、长隐山林之志。全诗意蕴醇厚，言近旨远。

题长安王主人壁

　　久废南山田，谬陪东阁贤①。欲随平子②去，犹未献甘泉③。枕席琴书满，襄帷④远岫连。我来如昨日，庭树忽鸣蝉。促织⑤惊寒女，秋风感长年⑥。授衣当九月⑦，无褐竟谁怜。

【注释】

①"谬陪"句：谬，谦词。唐陈子昂《为副大总管苏将军谢罪表》："臣妾以庸才，谬叨重任。"东阁贤，一作"东阁贤"，《汉书·公孙弘传》："（弘）数年至宰相封侯，于是起客馆，开东阁以延贤人，与参谋议。" ②平子：东汉张衡，字平子，善属文，曾作《归田赋》，表达归隐之意。 ③甘泉：即《甘泉赋》，汉扬雄作。喻指进献主上而受到赏识的文章。 ④褰（qiān）帷：褰，撩起，用手提起。《诗经·郑风·褰裳》："子惠思我，褰裳涉溱。" ⑤促织：蟋蟀的别名，又名趋织、趣织。三国吴陆玑《毛诗草木鸟兽虫鱼疏》："里语曰：'趋织鸣，懒妇惊'是也。" ⑥长（zhǎng）年：老年，老年人。刘向《说苑·贵德》："景公游于寿宫，睹长年负薪而有饥色。" ⑦"授衣"句：《诗经·豳风·七月》："七月流火，九月授衣。"

【评析】

这首诗为题壁诗，当作于开元十七年（729）秋。诗人于开元十六年（728）第二次赴京师，十七年春科举落第，欲献赋以求用，故淹留京师，至秋未归。踌躇苦闷之际，题此诗于长安寓所之壁。诗中先写诗人久离田园，远赴京师，结交名流，以期夙愿得偿。未料不遂人意。本想重返故里，犹欲以才学动上。次写秋风虫鸣之中，诗人想到自己亦至人生之秋，却仍然仕途无望、功业未成，不免焦虑悲凉，自伤自怜。时诗人年已四十，传统上认为，四十岁是人生暮年的开始，也应是小有成就之时。杜甫于四十岁那年除夕写诗："四十明朝过，飞腾暮景斜。"孔子曰："四十五十而无闻焉，斯亦不足畏也已。"同时，诗人所处正当开元盛世，亦感于"邦有道，贫且贱焉，耻也"的古训，在《临洞庭湖》诗中云"端居耻圣明"。基于以上原因,诗人一改早年隐居自得的情怀,开始热衷于仕途,却难遂人愿。全诗表达诗人对仕途的热望、无人援引的孤寂以及人至暮年而功业未建的惆怅焦虑之感。本诗用字精妙,心理描写十分传神,自到京师,诗人便为应试忙于应酬,竟忘时日,直至听到虫鸣之声,方才意识到已是秋时。"我来如昨日,庭树忽鸣蝉"句中"忽"字运用极妙,由往日"谬陪东阁贤"时觥筹交错的欢快热闹的场景,一变为眼前"无褐竟谁怜"的冷清孤寂,诗人的情感也从求仕的热情转而为落第后的失落沮丧。全诗用典较多,却运用自然,不留痕迹,使诗歌平易简练,毫不晦涩,同时又深沉厚重,表情达意充实丰沛。本诗为五言古诗,洒脱中不乏工整,"枕席琴书满,褰帷远岫连"及"促织惊寒女,秋风感长年",皆用词精致,对仗工稳。这类介于古体与近体之间的体格是孟诗创造性的表现之一。全诗不事铺张,语言浅近,于愁思孤寂之中不乏雄浑壮逸之气。

庭　橘

明发①览群物,万木何阴森②。凝霜渐渐③水,庭橘似县④金。
女伴争攀摘,摘窥碍叶深。并生怜⑤共蒂,相示感同心。
骨刺红罗被⑥,香粘翠羽簪⑦。擎⑧来玉盘里,全胜在幽林。

【注释】

①明发:黎明。《诗经·小雅·小宛》:"明发不寐,有怀二人。"
②阴森:昏暗不明。　③渐渐(chán chán):流下貌。刘向《怨思》:"肠纷纭以缭转兮,涕渐渐其若屑。"　④县:"悬"的本字。　⑤怜:

爱。 ⑥"骨刺"句：骨刺，指橘树树干上所长之刺。红罗被，古代妇女披于肩背的一种衣饰。被，通"帔"。 ⑦翠羽簪：又名翠翘，古代妇女头上首饰，用以束发，使发不散乱。 ⑧擎：向上托举。

【评析】

　　这首诗写凌晨庭中橘树，表达喜爱之情。"凝霜渐渐水"一句，写凝霜渐化为露的瞬间，露水从橘上流下，运用反衬手法，于万木阴森的凌晨，更显庭橘之金灿夺目，引来女伴争摘。"女伴争攀摘"看似写女伴，实是写庭橘，侧面描写庭橘的鲜艳。"摘窥碍叶深"写庭橘树叶之茂密。"并生怜共蒂"写庭橘果实累累，"骨刺红罗被"写庭橘之刺，"香粘翠羽簪"写庭橘之香气。末二句，表达诗人对庭橘的喜爱之情。全诗运用反衬、比喻、侧面烘托等手法描写庭橘细致传神。

七言古诗

夜归鹿门歌

山寺①钟鸣昼已昏，渔梁②渡头争渡喧。
人随沙岸向江村，余亦乘舟归鹿门。
鹿门月照开烟树③，忽到庞公④栖隐处。
岩扉⑤松径长寂寥，惟有幽人⑥自来去。

【注释】

①山寺：指鹿门庙。 ②渔梁：洲名，当作"鱼梁"，在湖北襄阳城外汉水中。《水经注·沔水》记载："襄阳城东沔水中有鱼梁洲，庞德公所居。" ③开烟树：月光照耀着暮烟笼罩的树木，豁然开朗。 ④庞公：即庞德公，汉末隐士，居襄阳岘山之南，未尝入城府。荆州刺史刘表数延请，皆不就。后携其妻子登鹿门山采药不返。事见《后汉书·逸民列传》。 ⑤岩扉：石门。 ⑥幽人：隐士。孔稚珪《北山移文》："或叹幽人长往，或怨王孙不游。"

【评析】

这首诗写诗人夜归鹿门山时的所见所闻，抒发诗人隐居田园的乐趣。前四句描写黄昏景象，以动为主，先写声音，山寺钟声鸣响，渡头人声喧哗，突出黄昏时分渡头喧闹嘈杂的气氛。后写行动，"人随沙岸向江村"，随着人归乡村，渡头的喧闹归于平静。"余亦乘舟归鹿门"句是承上启下的过渡句，承上之人归江村，启下之夜至鹿门山。后四句描摹鹿门山夜晚景象，以静为主。写月下村庄，岩扉松径，寂静的深山中，少有世俗之人来往，只有追慕庞公的隐士前来寻访。诗中运用对比手法，黄昏的喧闹与夜晚的幽静，一动一静，实是世俗世界与隐者世界的对比，表现诗人对隐居生活的倾心和向往，但诗人并非厌烦世俗生活。"渔梁渡头争渡喧"描写真实的生活场景，富有生活情趣。一俗一雅，俗之可亲，雅之可慕，二者结合，使诗歌别有一番意趣。

和卢明府送郑十三还京兼寄之①

昔时风景登临地,今日衣冠②送别筵。
闲卧自倾彭泽酒③,思归长望白云天④。
洞庭一叶惊秋早,瀪落⑤空嗟滞江岛。
寄语朝廷当世人⑥,何时重见长安道。

【注释】

①和(hè):应和,唱和。卢明府:卢僎,开元中为襄阳令。唐代称县令为"明府"。 ②衣冠:指士绅。古代士以上戴冠。 ③彭泽酒:陶渊明曾任彭泽令,性嗜酒,令县中公田悉种秫谷,曰:"令吾常醉于酒足矣。"后辞官归隐,以诗酒自娱。故以彭泽代称陶渊明。彭泽酒,代指诗人隐居时所饮酒。 ④白云天:《庄子·天地》:"乘彼白云,至于帝乡。" ⑤瀪落:廓落无用,引申为零落、无聊失意。又作"瓠落"。《庄子·逍遥游》:"魏王贻我大瓠之种,我树之成,而实五石……剖之以为瓢,则瓠落无所容。非不呺然大也,吾为其无用而掊之。"瓠落,平而浅,指无用之器。 ⑥当世人:当朝用世之人。

【评析】

这是一首唱和送别诗,表达诗人的出仕愿望。先点明送别,继而写诗人身在田园而心向庙堂的情感。接着写时光飞逝,而自己却空滞田园,廓落失意,毫无建树。最后写希望友人能予以援引,使自己得以重回长安。

诗中塑造了一位潦倒失意、盼望出仕的隐者形象。"闲卧自倾彭泽酒"写不得已而为之,表现诗人借酒浇愁的无奈。"思归长望白云天"写对朝廷的热望。"惊秋早"表达诗人对光阴似箭、年龄老大的感慨。"空嗟"写对现实的无奈。寥寥数笔,将一个苦闷、无奈、不安于现状的隐者形象描摹得生动传神。全诗语言平淡,而情感惆怅沉郁,似平静的海面下涌动着暗流。

鹦鹉洲送王九游江左[①]

昔登江上黄鹤楼,遥爱江中鹦鹉洲。

洲势逶迤[②]绕碧流,鸳鸯鸂鶒[③]满沙头。

沙头日落沙碛[④]长,金沙耀耀动飙[⑤]光。

舟人牵锦缆[⑥],浣女结罗裳。

月明全见芦花白,风起遥闻杜若[⑦]香。君行采采[⑧]莫相忘。

【注释】

①鹦鹉洲:洲名,在湖北武汉市西南江中。东汉末,黄祖为江夏太守,长子黄射于此大会宾客,有人献鹦鹉,祢衡作《鹦鹉赋》。后祢衡被黄祖杀害,即葬于洲上,洲因以为名。王九:王迥。江左:长江下游以东地区,即今江苏省一带。古人叙地理以东为左,以西为右,故江东称江左,江西称江右。 ②逶迤:也作"逶蛇",曲折绵延貌。《淮南子·泰族训》:"河以逶蛇故能远,山以陵迟故能高。" ③鸂鶒(xī chì):水鸟名,形大于鸳鸯,而色多紫,水上偶游,故又谓之紫鸳鸯。 ④碛(qì):

浅水中的沙石。　⑤飙：泛指风。　⑥锦缆：锦制的精美的缆绳。南朝陈张正见《公无渡河》诗："金堤分锦缆，白马渡莲舟。"　⑦杜若：香草名，又名杜衡。屈原《湘君》："采芳洲兮杜若，将以遗兮下女。"　⑧采采：茂盛貌。此指鹦鹉洲风光。《诗经·周南·芣苢》："采采芣苢，薄言采之。"

【评析】

　　这是一首送别诗，描摹鹦鹉洲的美丽风光。诗中先写诗人及朋友对鹦鹉洲早已神往，接着写洲势、水鸟、金沙、舟人、浣女、月下芦花、风中杜若，勾勒出风光摇曳的绝美画卷。末句点明送别意。这首诗七言中杂有五言，是一首杂言诗，句子长短错落有致，整齐之中又有变化。诗中运用连珠手法，中有换韵，前四句句句押韵，形式活泼自由，具有民歌特色。语言平易而意境华美，令人有身临其境之感。

五言排律

西山寻辛谔

漾舟乘水便，因访故人居。落日清川里，谁言独羡鱼①。
石潭窥洞彻②，沙岸历纡徐③。竹屿见垂钓，茅斋闻读书。
款言忘景夕④，清兴属凉初。回也一瓢饮⑤，贤哉常晏如⑥。

【注释】

①羡鱼:《淮南子·说林训》:"临河而羡鱼,不如归家织网。"此处意谓不独羡鱼,更喜水上风光。 ②洞彻:同"洞澈",透明,清澈。沈约《新安江至清浅深见底贻京邑游好》诗:"洞彻随清浅,皎镜无冬春。" ③纡徐:曲折延伸貌。 ④"款言"句:款言,原指空话。《汉书·司马迁传》:"其实中其声者谓之端,实不中其声者谓之款。款言不听,奸乃不生,贤不肖自分,白黑乃形。"此处当指闲话、闲聊,亲切随意之语。景,日光。 ⑤"回也"句:《论语·雍也》:"贤哉回也,一箪食,一瓢饮,在陋巷,人不堪其忧,回也不改其乐。贤哉回也。" ⑥晏如:安然貌。《汉书·扬雄传》:"雄家产不过十金,乏无儋石之储,晏如也。"

【评析】

这首诗写诗人访友人辛谔的情景,塑造了一位隐者形象。首联写乘舟访友。诗人顺水而来,信舟而行,表现诗人轻松愉快的心情。二、三联写诗人沿途所见,渲染辛谔居所幽雅明净的环境。清川落日,潭水清澈,沙岸曲折迂回。诗人沿迂曲的堤岸行舟访友,别有雅兴意趣,故曰"谁言独羡鱼",友人所居环境令人称羡。四联写辛谔悠闲的隐居生活,垂钓读书以遣兴。五联写相谈甚欢,至夕不觉。末联以颜回喻辛谔,称赞友人虽居于贫贱,但能自得其乐。全诗意境清丽,逸兴盎然,表现了诗人的隐者情怀。

陪卢明府①泛舟回岘山作

百里行春②返,清流逸兴多。鹢舟③随雁泊,江火共星罗。

已救田家旱,仍忧俗化讹④。文章推后辈,风雅激颓波⑤。高岸迷陵谷⑥,新声满棹歌⑦。犹怜不调⑧者,白首未登科。

【注释】

①卢明府:卢僎,开元中为襄阳令。唐代称县令为"明府"。　②行春:古代地方长官春天至农村视察农事,称为"行春"。　③鹢舟:船。画鹢首于船头,故名。鹢,鸟名。　④"仍忧"句:俗化,风俗教化。讹,讹误,错误。　⑤"风雅"句:风雅,本指《诗经》中的《国风》和《小雅》《大雅》,是文学作品的典范之作,后指具有一定思想和价值的作品。颓波,本指向下奔流的水波,后喻衰败的风气。李白《古风》之一:"扬马激颓波,开流荡无垠。"　⑥陵谷:高者为陵,低者为谷。指地面高低形势的变化。《诗经·小雅·十月之交》:"高岸为谷,深谷为陵。"　⑦"新声"句:新声,新作的乐曲,又指新颖美妙的乐音。棹(zhào)歌,船工行船时所唱之歌。　⑧不调:不合音调,不合时俗。

【评析】

　　这首诗写诗人同卢明府泛舟事,兼赞卢明府治理地方之功。诗的一、二联写江水,百里行船回岘山,一路春光,行舟泊于雁栖之所,江边灯火与满天繁星映于清澈的江水中,面对此景,诗人逸兴益然。三至五联赞美卢明府治理地方、移风易俗的业绩。"高岸迷陵谷"一句,既是写景,又是对卢明府的称扬。末联承接"新声满棹歌",自称"不调者"。不调,指不合于新声之音律,有称扬友人并自谦之意,又指因不合于时俗致白发未登科第,卢明府对诗人的遭遇表示关切和遗憾。诗的前五联情感悠闲愉悦,至末联诗人方才现身,情绪稍低落,抒发诗人身世之叹,逸兴之中含有淡淡的惆怅之感,体现了诗人当时较为复杂的思想情感。

腊月八日于剡县石城寺①礼拜

石壁开金像,香山绕铁围②。下生弥勒见③,回向一心归④。
竹柏禅庭古,楼台世界⑤稀。夕岚增气色,余照发光辉。
讲席邀谈柄⑥,泉堂⑦施浴衣。愿承功德水⑧,从此濯尘机⑨。

【注释】

①石城寺:石城寺早在南朝齐梁之际已开凿了弥勒佛像。传说,晋时高僧昙光曾在此潜修。支道林高僧圆寂后,葬于石城山。 ②"香山"句:香山,《南山戒疏》:"俗云昆仑者,经言香山。"佛教以香山为阎浮提洲最高中心。铁围,佛教认为四大部洲之外有铁围山,其中心为须弥山,外有七山八海,铁围山围绕其外。 ③"下生"句:《弥勒下生经》记载,弥勒在兜率天的寿命是四千岁,换算成人间的时间是五十六亿年。弥勒命终之后,便下生人间成佛,造福于众生。弥勒,佛名,生于南天竺,被称为未来佛。 ④"回向"句:回向,又作转向、施向。指佛家的一种修行功夫,即以自己所修善根功德,回转给众生,并使自己趋入菩提。《大乘义章》卷九:"言回向者,回己善法有所趣向,故名回向。"归,即皈依。 ⑤世界:佛家语,指宇宙。世指时间,界指空间。《楞严经》曰:"何名为众生世界?世为迁流,界为方位。汝今当知,东、西、南、北、东南、西南、东北、西北、上、下为界,过去、未来、现在为世。" ⑥"讲席"句:讲席,僧人讲法之所。谈柄,古人清谈,多执麈尾,僧人讲法执如意,故有谈柄之名。后泛指可作谈话的资料。 ⑦泉

堂：浴堂。　⑧功德水：即八功德水。《俱舍论·称赞净土佛摄受经》谓须弥山下大海中有八功德水。八功德水是指一甘、二冷、三软、四轻、五清净、六不臭、七不损喉、八不伤腹。　⑨濯尘机：即洗去世俗杂念。濯，洗去污垢。尘指尘界，佛教以色、声、香、味、触、法为六尘，六尘所构成的现实世界叫尘界；机指机巧，尘俗的机心。

【评析】

　　这是一首礼佛诗。先写石城寺的地理环境。"下生弥勒见，回向一心归"运用弥勒佛下生人间、造福众生的典实，称扬石城寺僧人崇高的修为，表达诗人对佛祖的景仰之情。继写石城寺的清幽雅致的环境，竹柏、楼台、禅院，夕岚落日映衬之下，更显古雅清净。最后写礼佛浴佛，表现诗人礼佛的虔诚之心和超脱世俗的愿望。诗歌风格中正平和，充满庄严肃穆的气象。

登龙兴寺①阁

阁道乘空出，披轩②远目开。逶迤③见江势，客至屡缘回④。
兹郡何填委⑤，遥山复几哉。苍苍皆草木，处处尽楼台。
骤雨⑥一阳散，行舟四海来。鸟归余兴远，周览⑦更徘徊。

【注释】

　　①龙兴寺：位于四川省彭州市城北，始建于东晋，初名"大空寺"，武则天天授二年（691）更名为"大云寺"，唐玄宗开元六年（718）诏号

"龙兴寺"。　②披轩：开窗。　③逶迤：也作"逶蛇"，曲折绵延貌。《淮南子·泰族训》："河以逶蛇故能远，山以陵迟故能高。"　④缘回：曲折行进貌。　⑤填委：纷集，堆积。汉刘桢《杂诗》："职事相填委，文墨纷消散。"　⑥骤雨：暴雨。骤，急速。《道德经》第二十三章："故飘风不终朝，骤雨不终日。"　⑦周览：纵观，四面瞭望。《史记·秦始皇本纪》："登兹泰山，周览东极。"

【评析】

　　这是一首行旅诗，写诗人登龙兴寺阁所望景象。首联写阁之高，视野开阔。"乘空出"言气势宏阔，因"乘空出"故能"远目开"，为下文远望奠定基础。接着写望中所见，蜿蜒曲折的江岸，郡县填委，群山遥遥，草木茂盛，处处楼台，此皆是静景。然后写动景，"骤雨一阳散，行舟四海来"二句写天气瞬息变化。由暴雨突至到云开雨停，再到海面平静，行舟漫驶，一杂乱一平静，一紧张一轻松，一动一静，静中有动，动中有静，动静结合，尤为奇绝。最后写诗人余兴未尽，徘徊不忍去，表现闲雅盎然的兴致。诗人登上乘空而出的阁道，望江水、远山、草木、楼台、骤雨、行舟、归鸟。所处极高，而所望极远。全诗意境高远，气象宏大，既有幽雅之致，又具壮逸之气。

登总持寺浮屠①

半空跻②宝塔，晴望尽京华③。竹绕渭川遍，山连上苑斜。
四门开帝宅，阡陌④俯人家。累劫从初地⑤，为童忆聚沙⑥。

一窥功德⁷见,弥益道心加。坐觉诸天⁸近,空香送落花⁹。

【注释】

①总持寺:隋大业年间修建,故址在今陕西西安长安区。浮屠:即佛塔。　②跻:登。　③京华:指京城长安。　④阡陌:田间的小道和灌溉渠道,纵者称"阡",横者称"陌"。此处泛指田野。　⑤"累劫"句:劫,佛经言天地的形成到毁灭谓之一劫,指长久的年月。初地,佛教语,谓修行过程十个阶位中的第一阶位。　⑥"为童"句:《法华经·方便品》:"乃至童子戏,聚沙为佛塔,如是诸人等,皆已成佛道。"因称儿童时代为聚沙之年。　⑦功德:佛教用语。《大乘义章》卷九曰:"言功德,功谓功能,善有资润福利之功,故名为功。此功是其善行家德,名为功德。"　⑧诸天:佛教语,指佛教众神。　⑨"空香"句:用天女散花典故。《维摩经·观众生品》:"时维摩诘室有一天女,见诸大人闻所说法,便现其身,即以天华散诸菩萨、大弟子上,华至诸菩萨即皆堕落,至大弟子便著不堕。一切弟子神力去华,不能令去。"谓修行高深,散花尽落,不能沾身。

【评析】

这首诗写诗人登总持寺佛塔所望长安景色以及对佛法的感悟。全诗可分两层。第一层是前三联,描写所望长安之景,一片繁华祥和的气氛。后三联是第二层,写对佛法的感悟。两层之间的过渡句是"累劫从初地,为童忆聚沙"。"初地"为双关语,既指佛教修行过程中的第一个阶位,又指诗人登高远望看到的地面景象,意指修行应从最初的俗世开始,经无量努力,方能成就正果。而且,二句既与塔有关,扣合题目,又具有佛理,构思十分巧妙。

长安早春

关戍惟东漠①,城池起北辰。咸歌太平日,共乐建寅②春。雪尽青山树,冰开黑水③滨。草迎金埒马④,花伴玉楼人。鸿渐⑤看无数,莺歌⑥听欲频。何当桂枝擢⑦,归及⑧柳条新。

【注释】

①东漠:一作"东井",星名,古代以天上星宿与地域相对应,谓之分野。《晋书·天文志》:"自东井十六度至柳八度为鹑首,于辰在未,秦之分野,属雍州。" ②建寅:正月的代称。古按北斗星斗柄在一年中的移动位置,分为十二辰,称斗建。建寅为正月。 ③黑水:《尚书·禹贡》:"黑水西河惟雍州。"长安为古雍州治所所在地。 ④金埒(liè)马:指名贵的马。金埒,指豪奢的骑射场。 ⑤鸿渐:指飞鸿渐进于高位。《周易·渐卦》:"初六,鸿渐于干","六二,鸿渐于磐","九三,鸿渐于陆","六四,鸿渐于木","九五,鸿渐于陵"。后以鸿渐喻仕进。 ⑥莺歌:《诗经·小雅·伐木》:"伐木丁丁,鸟鸣嘤嘤。出自幽谷,迁于乔木。"后用迁莺、迁乔喻仕进,唐人多用以指进士及第,此处亦用此意。 ⑦"何当"句:晋代郤诜自谓"举贤良对策,为天下第一,犹桂林之一枝,昆山之片玉"。见《晋书·郤诜传》。故称登科为折桂。 ⑧及:犹"趁"。

【评析】

这首诗一作张子容诗。首联写长安地理环境,点明题中"长安"二字。二联点明"早春"。三联紧扣"早"字,写雪初融,冰初开。四联写游春之人。最后借鸿渐、迁莺、折桂之说,表明诗人对科举中第的热切期望。这首诗的巧妙之处在于:捕捉早春典型景物,对长安早春进行描绘,突出"早"字,十分细致。化用前人成句,既贴合春景,又表达个人愿望,委婉含蓄,贴切自然。

秦中苦雨思归赠袁左丞贺侍郎①

为学三十载,闭门江汉阴②。明扬③逢圣代,羁旅属秋霖。
岂直昏垫④苦,亦为权势沈。二毛⑤催白发,百镒⑥罄黄金。
泪忆岘山堕,愁怀湘水深。谢公积愤懑⑦,庄舄空谣吟⑧。
跃马⑨非吾事,狎鸥⑩真我心。寄言当路者⑪,去矣北山岑⑫。

【注释】

①袁左丞:当指袁仁敬,开元十七年(729)前后为左丞。贺侍郎:当指贺知章,于开元十三年(725)迁礼部侍郎,十四年(726)改为工部侍郎。 ②江汉阴:指襄阳,位于汉水之南。 ③明扬:举用,选拔。《梁书·庾诜传》:"明扬振滞,为政所先;旌贤求士,梦仁斯急。"
④昏垫:陷溺,迷惘,无所适从。《尚书·益稷》:"洪水滔天,浩浩怀山襄陵,下民昏垫。"此处指霖雨之苦。 ⑤二毛:头发斑白,指代老人。《左传·僖公二十二年》:"君子不重伤,不禽二毛。" ⑥百镒(yì):镒,古重量单位,又作"溢",二十两为一镒,一说二十四两为一镒。百镒,极言货币之多。阮籍《咏怀》诗之五:"黄金百溢尽,资用常苦多。"

⑦谢公：指谢灵运，才华出众，但宋文帝对他"唯以文义见接，每侍上宴，谈赏而已"，故心有不平，多称疾不朝而肆意遨游，作诗遣怀。见《宋书·谢灵运传》。 ⑧庄舄（xì）：越国人，仕楚，病中吟越歌以寄乡思。事见《史记·张仪列传》。后指思乡。王粲《登楼赋》："钟仪幽而楚奏兮，庄舄显而越吟。人情同于怀土兮，岂穷达而异心。" ⑨跃马：策马驰骋腾跃，喻富贵得志。《史记·范雎蔡泽列传》："吾持粱啮肥，跃马疾驱，怀黄金之印，结紫绶于要，揖让人主之前，食肉富贵，四十三年足矣。" ⑩狎鸥：《列子·黄帝》："海上之人有好沤鸟者，每旦之海上，从沤鸟游，沤鸟之至者，百住而不止。"沤，同"鸥"。后以狎鸥指隐逸。南朝梁任昉《别萧咨议》诗："傥有关外驿，聊访狎鸥渚。" ⑪当路者：当政者。《孟子·公孙丑上》："夫子当路于齐。" ⑫北山岑：即北山，借指隐居之所。南朝周颙、隋唐之际的王绩隐所皆名北山。

【评析】

　　这首诗是诗人羁旅秦中时所作。前六句写读书三十年，适逢治世，却不能一展怀抱。"秋霖"既是指自然界中的雨，又是指人生路上的风雨。中六句抒发诗人年龄老大，家境贫困，而志不得申的愤懑情绪。以屈原、谢灵运、庄舄等人的典实，表达仕途未登的苦闷愤慨和思归之情。后四句写诗人决意归隐，而这归隐的潇洒之中又夹杂着些许无奈。诗中多用典故或化用前人成句，虽非"无一字无来处"，却几乎是"无一句无来处"，含义丰富，情感深沉，风格典雅。

夜泊宣城界①

西塞②沿江岛，南陵问驿楼③。潮平津济④阔，风止客帆收。

去去怀前浦⑤，茫茫泛夕流。石逢罗刹⑥碍，山泊敬亭⑦幽。火炽梅根冶⑧，烟迷杨叶洲。离家复水宿，相伴赖沙鸥。

【注释】

①一题作"旅行欲泊宣州界"。宣城，地名，秦鄣郡地，隋改为宣州，大业初复名宣城郡，唐武德三年（620）复名宣州，即今安徽宣城市。　②西塞：即西塞山，在湖北大冶市东九十里。　③"南陵"句：南陵，县名，属安徽省。驿楼，即驿站，古时供传递文书、官员来往及运输等中途休息、住宿的地方。　④津济：渡口。　⑤"去去"句：去去，越离越远。苏武《古诗》："参辰皆已没，去去从此辞。"浦，大水有小口别通谓之"浦"。　⑥罗刹：即罗刹石，江中险石名，在今安徽贵池市附近长江中。　⑦敬亭：即敬亭山，位于宣州城北，原名昭亭山。　⑧梅根冶：又称梅根监。在今安徽贵池市东北，六朝以来在此炼铜铸钱，临梅根河，故称。

【评析】

这是一首行旅诗，表达诗人旅途孤寂之感。一、二联写傍晚时分，诗人停船休憩。"问"字表明诗人人生地不熟的客子身份，抒写舟停异乡的孤凄之情。三联"去去""茫茫"表达诗人漂泊不定、茫无所之的感觉。四联通过"碍""幽"二字，突出旅途之艰险冷清。五联写夜晚江边景象，以铸钱炉火之炽热反衬诗人内心之凄凉，以杨叶洲上升腾的烟雾渲染诗人迷茫无定的心理。末联中"复"字写诗人行水路已数日，经常傍水而宿，身边唯有沙鸥相伴的旅途生活，表现诗人旅途的辛劳和内心的孤寂之情。全诗通过具有表现力的词语表达诗人的思想情感，诗中地名较多，却无罗列之嫌，诗人以旅途孤寂的情感将多个地名贯穿起来，使每个地名都成为了诗人情感的寄托。

同王九题就师山房①

晚憩支公②室,故人逢右军③。轩窗避炎暑,翰墨动新文。竹蔽窗里日,雨随阶下云。同游清阴遍,吟卧夕阳曛④。江静棹歌⑤歇,溪深樵语闻。归途未忍去,携手恋清芬⑥。

【注释】

①同:和。王九:即王迥,号白云先生,隐士,居襄阳鹿门山。就师:就禅师。 ②支公:即晋高僧支遁,此处代指就禅师。 ③右军:即王羲之,晚年隐居剡县,有"书圣"之称,曾为会稽内史,领右将军,人称王右军。此处切王九之姓。 ④曛:日落后之余光。 ⑤棹歌:渔歌。 ⑥清芬:既指清美的环境,又指就禅师的人品德行。

【评析】

这首诗为和王迥诗而作。诗中主要描写就禅师山房周围清幽凉爽的环境,表达诗人喜爱留恋之情。"江静棹歌歇,溪深樵语闻"写白天的喧闹之声已归于平静,偶尔从远处传来归家樵子的说话声。以有声写无声,以动衬静,更显寂静,勾勒出一幅幽静的夕阳山居图,富有生活气息。末句"清芬"双关,一方面总括山房环境的清雅,另一方面赞美就禅师高雅的人品和修为。全诗以平常景入诗,以平常语写景,平淡自然,却淡而有味,具有浓郁的生活情趣。

下赣石①

赣石三百里，沿洄千嶂间。沸声常浩浩，洊②势亦潺潺。跳沫③鱼龙沸，垂藤猿狖④攀。榜人苦奔峭⑤，而我忘险艰。放溜⑥情弥远，登舻目自闲。暝帆何处泊？遥指落星湾⑦。

【注释】

①赣（gàn）石：赣江中石滩名。《陈书·高祖纪上》："南康赣石旧有二十四滩，滩多巨石，行旅者以为难。"　②洊（jiàn）：屡次，接连。　③沫：疑当为"沫"，水泡。　④狖（yòu）：长尾猿。　⑤"榜（bàng）人"句：榜人，船工。曹植《朔风歌》："谁忘泛舟，愧无榜人。"奔峭，险峻的山峰或崖岸。谢灵运《七里濑》诗："孤客伤逝湍，徒旅苦奔峭。"　⑥放溜：使舟顺水流而行。萧绎《早发龙巢》诗："征人喜放溜，晓发晨阳隈。"　⑦落星湾：当指江西鄱阳湖，古名彭泽湖。《水经注·庐江水》："彭泽湖中有落星石，周回百余步，高五丈，上生竹木，传曰有星坠此，因以名焉。"

【评析】

这是一首行旅诗，写诗人途经赣石滩时的所见、所闻和所感。诗的前半部分紧扣"奔峭"二字展开，写赣石附近水急山陡，极其艰险。"赣石三百里"写险路之漫长，"沿洄千嶂间"写险路之曲折，"沸声常浩浩，洊势亦潺潺"写水声之变化，"跳沫鱼龙沸"写水势之盛大，"垂藤猿狖攀"写山势之陡峭，有声有形，让人有身临其境之感。"榜人苦奔峭，而我忘险艰"是前后两部分的过渡句，前一句是对诗歌前半部分的总结，后一句是对诗歌后半部分的领起。后半部分紧扣"忘险艰"三字，写诗人信船悠游、登舟远望的闲情逸致，并打算顺流而下，直至落星湾停泊休息，体现诗人观奇览胜、平和自然的情绪。全诗意境宏阔，有慷慨壮逸之风。

行至汉川作

异县非吾土，连山尽绿篁。平田出郭少，盘垄①入云长。
万壑归于海，千峰划彼苍②。猿声乱楚峡，人语带巴乡。
石上攒椒树③，藤间养蜜房。雪余春未暖，岚解昼初阳。
征马疲登顿④，归帆爱渺茫。坐欣沿溜⑤下，信宿见维桑⑥。

【注释】

①垄：指田埂，田地分界的土堆。一作"坂"，山坡，斜坡。 ②彼苍：《诗经·秦风·黄鸟》："彼苍者天，歼我良人。"后因以彼苍为天的代称。苍，天之色。 ③"石上"句：攒，簇拥在一起。椒树，即花椒树。 ④登顿：上下行止。谢灵运《过始宁墅》诗："山行穷登顿，水涉尽洄沿。" ⑤沿溜：顺流。 ⑥"信宿"句：信宿，连宿两夜。《左传·庄公三年》："凡师一宿为舍，再宿为信，过信为次。"维桑，《诗经·小雅·小弁》："维桑与梓，必恭敬止。"后以维桑指代故乡。晋代陆云《岁暮赋》："处孝敬于神丘兮，结祗慕于维桑。"

【评析】

　　这首诗描写汉川风物,表达诗人旅途的辛劳孤寂和思归之情。首句"异县非吾土"奠定全诗的情感基调。继而细致描写异乡汉川的风光以及风俗人情:多绿竹,少平原,多山地,多河流,多山峰,多猿声,多异乡口音,多椒树,多蜂房,诗中既写到了当地景物,又写到了风俗人情,既有视觉感受,又有听觉感受。这些不同于家乡的风物,美则美矣,却并未使人感到亲切,表达诗人身在他乡的陌生孤独之感和对家乡亲切温暖的怀念。于是接下来写对故乡的遥想和向往,就顺理成章,十分自然。诗人弃岸登舟,顺流而下,两夜后即可到达故乡,诗中末二字"维桑"与首二字"异县"相对应,巧妙且强烈地表现了诗人归乡的急切之情和家乡渐近的欣喜之感。诗中并未直接抒发诗人感受,而是通过描写异乡风俗人情,侧面表情达意。全诗言近旨远,语淡情深。

初年乐城馆中卧疾怀归[①]

异县天隅僻,孤帆海畔过。往来乡信断,留滞客情多。
腊月闻雷震,东风感岁和。蛰虫惊户穴[②],巢鹊眄庭柯[③]。
徒对芳樽酒[④],其如伏枕[⑤]何。归来理舟楫,江海正无波。

【注释】

　　①初年:指初春。乐城:今浙江省乐清市。　②户穴:洞穴,洞口。汉代焦赣《易林·震之寨》:"蚁封户穴,大雨将集。"　③眄(miǎn)

庭柯：眄，斜视。庭柯，庭院中的树木。　④芳樽酒：指美酒。芳樽，精致的酒器。　⑤伏枕：指卧病在床。

【评析】

　　这首诗抒发初春时节诗人卧病思乡之情。先写诗人滞留异乡，"异县天隅僻"写乐城地处偏远，"孤帆"写旅途之孤寂，"乡信断"写离乡之久，"客情多"写异地之感。继而描写初春时节，万物复苏，而诗人却卧病在床，有负大好春光。末联写风平浪静，诗人整理船只，随时准备动身回乡。诗中"往来乡信断，留滞客情多"一联，切合诗人境况和心理，且对仗十分工整，堪称佳句。"归来理舟楫"句中的"理"字和"江海正无波"句中隐含的"望"字，通过动作表现诗人的心理活动，表达对家乡的殷切思念和病愈即归的急切之情，描写传神生动，情感深沉真挚。

上巳日①涧南园期王山人陈七诸公不至

　　摇艇候明发②，花源弄晚春。在山怀绮季③，临汉忆荀陈④。
上巳期三月，浮杯兴十旬⑤。坐歌空有待，行乐恨无邻。
日晚兰亭北，烟花曲水滨。浴蚕逢姹女⑥，采艾值幽人⑦。
石壁堪题序，沙场好解绅⑧。群公望不至，虚掷此芳晨。

【注释】

　　①上巳日：旧俗于此日祓禊，魏晋以后一般定为三月三日，是饮宴游春的节日。　②明发：黎明。　③绮季：即绮里季，汉初隐士，"商

山四皓"之一。　④荀陈：《世说新语·德行第一》记载：陈太丘携三子拜访荀淑，荀淑使八子接待，太史奏朝廷，曰："有真人往东而行。"

⑤"浮杯"句：上巳日，于上流放置酒杯，任其漂浮，止于某处，则其人取饮，叫作"浮杯"，又叫"流觞"，此风唐时尤盛。十旬，酒名。《文选》中张衡《南都赋》："酒则九酝甘醴，十旬兼清。"李善注："十旬，盖清酒百日而成也。"　⑥"浴蚕"句：浴蚕，《礼记·祭义》："古者天子诸侯必有公桑蚕室，近川而为之，使入蚕于蚕室，奉种浴于川。"姹女，少女，美女。　⑦幽人：指隐士。　⑧解紳：即解神，祈神还愿。庾信《春赋》："三日曲水向河津，日晚河边多解神。"

【评析】

诗写上巳日约友不至及诗人遗憾之情。以"绮季""荀陈"代指诗人相约之友，表现诗人对朋友的尊重与欣赏，也表明这次聚会将是贤士群集，诗酒相会，雅趣横生。然而诗意转折，"坐歌空有待，行乐恨无邻"，适逢上巳，友人皆不至，诗人遗憾孤寂，了无意趣。诗中运用大量笔墨描写节日热闹场景，运用对比手法，以上巳日盛况反衬诗人期友不至的孤独寂寞之感。"上巳期三月，浮杯兴十旬"中"十旬"既指美酒，又借为时间与"三月"相对，工整巧妙。全诗以平常语入诗，描摹节日场景，充满生活情趣。

送莫氏甥兼诸昆弟从韩司马入西军①

念尔习诗礼，未尝离户庭。平生早偏露②，万里更飘零。坐弃三冬业③，行观八阵形④。饰装辞故里，谋策赴边庭。

壮志吞鸿鹄⑤,遥心伴鹡鸰⑥。所从文与武,不战自应宁。

【注释】

①西军:西方边疆防守的军队。开元十五年(727)九月,吐蕃攻陷瓜州。闰九月,围攻安西城。十二月,唐政府征调陇右道、河西道、关中、朔方军队防守。 ②偏露:父死叫偏露,又叫孤露,指失去荫庇。③三冬业:三冬,指三个冬季,即三年。《汉书·东方朔传》:"年十三学书,三冬文史足用。"注引如淳:"贫子冬日乃得学书。"三冬业,指学业。 ④八阵形:又名八阵图,古代作战时的一种战斗队形及兵力部署。《三国志·蜀书·诸葛亮传》:"推演兵法,作八阵图。" ⑤"壮志"句:《史记·陈涉世家》:"燕雀安知鸿鹄之志哉?"指志向远大。 ⑥鹡鸰:《诗经·小雅·棠棣》:"脊令在原,兄弟急难。"脊令,即"鹡鸰",鸟名,后用以比喻兄弟。袁宏《三国名臣序赞》:"岂无鹡鸰,固慎名器。"

【评析】

这是一首送别诗。诗的前半部分写外甥的身世,表达诗人对他初离家乡的怜惜之情和牵挂之意。后半部分写赴边的雄壮威武和昂扬斗志,表达诗人对外甥的赞许和鼓励。在结构上,前后两部分的过渡句是"坐弃三冬业,行观八阵形",前写学文,后写从军。而末联"所从文与武,不战自应宁",又与之相呼应,结构严谨有序。在情感表达上,以平实朴素的语言,表达长辈对晚辈的关切、怜惜和激励,情感亲切自然,真挚感人。

岘山送萧员外①之荆州

岘山江岸曲,郢水②郭门前。自古登临处,非今独黯然③。

亭楼明落日，井邑秀通川④。涧竹生幽兴，林风入管弦。

再飞鹏激水⑤，一举鹤冲天⑥。伫立三荆⑦使，看君驷马旋⑧。

【注释】

①萧员外：即司勋员外郎萧诚。 ②郢水：即汉水。 ③黯然：沮丧貌。江淹《别赋》："黯然销魂者，唯别而已矣。" ④"井邑"句：井邑，指城市。《周礼·地官·小司徒》："九夫为井，四井为邑。"通川，此处指汉水。 ⑤鹏激水：《庄子·逍遥游》谓大鹏"水击三千里，抟扶摇而上者九万里"。 ⑥"一举"句：《韩非子·喻老》："楚庄王莅政三年，无令发，无政为也。右司马御座，而与王隐曰：'有鸟止南方之阜，三年不翅，不飞不鸣，默然无声，此为何名？'王曰：'三年不翅，将以长羽翼；不飞不鸣，将以观民则。虽无飞，飞必冲天；虽无鸣，鸣必惊人。'"《史记·滑稽列传》："（齐威）王曰：'此鸟不飞则已，一飞冲天；不鸣则已，一鸣惊人。'"后喻有才华的人，平时默默无闻，突然做出惊人的业绩。 ⑦三荆：荆州、南荆州、北荆州的合称，一说为荆州、东荆州、南荆州，此处泛指荆州。 ⑧旋：还。

【评析】

这是一首送别诗。萧诚，生平不详，诗人好友，过从甚密，擅长书法，曾任司勋员外郎和荆州府兵曹。时萧诚疑被贬官赴荆州，诗人故作此诗以送别。先点明送别之地，接着写送别之地的景色，最后祝愿萧员外大展宏图，做出惊人业绩。诗中用大鹏与"一飞冲天"的典故，表达诗人对朋友的激励和祝愿。"非今独黯然"则化用江淹《别赋》意，贴切自然，不着痕迹。此诗虽是送别诗，却将离情别绪以"黯然"一语带过，多作激励之语，体现诗人与友人的深情厚谊。

送王昌龄之岭南

洞庭去远近，枫叶早惊秋。岘首羊公爱①，长沙贾谊愁②。土风无缟纻③，乡味有查头④。已抱沉疴⑤疾，更贻魑魅⑥忧。数年同笔砚，兹夕异衾裯⑦。意气今何在，相思望斗牛⑧。

【注释】

①"岘首"句：岘首，即岘山，岘首山。羊公，指羊祜。晋羊祜镇襄阳时，颇得当地拥戴。尝登岘山，置酒言咏。死后，部属及百姓为其在岘山建碑立庙。事见《晋书·羊祜传》。　②"长沙"句：贾谊《鵩鸟赋》，其序云："谊为长沙王傅三年，有鵩飞入谊舍。鵩似鸮，不祥鸟也。谊即以谪居长沙，长沙卑湿，谊自伤悼，以为寿不得长，乃为赋以自广也。"　③缟纻：缟带与纻衣，用白色生绢及细麻所制的衣饰。《左传·襄公二十九年》："（吴公子札）聘于郑，见子产，如旧相识，与之缟带，子产献纻衣焉。"后因以缟纻喻友谊深厚，也指朋友之间互相馈赠。　④查头：即槎头鳊。　⑤沉疴：即重病。　⑥魑魅（chī mèi）：传说为山中害人的鬼怪，乃山林异气所生。　⑦衾裯：指被与帐。裯，当为"裯"。　⑧斗牛：皆属二十八宿。庾信《哀江南赋》："路已分于湘汉，星犹看于斗牛。"表留恋之意。

【评析】

这首诗当作于开元二十七年（739），时王昌龄被贬岭南，途经襄阳，与诗人相会。诗中表达对友人遭遇的同情和不平,并抒发依依惜别之情。"枫叶早惊秋"句之"惊"字表现诗人对朋友遭遇的惊讶和对朋友到来的惊喜之情。"岘首羊公爱"句将朋友比作受人爱戴的羊祜,对朋友的到访十分感动。"长沙贾谊愁"句以才华横溢却被排挤贬斥的贾谊喻相似遭遇的王昌龄,表达同情之意。"土风无缟纻,乡味有查头"二句写诗人并无珍贵的缟纻相赠,只有水中槎头鳊以供享用,表明诗人对招待朋友不周的歉意和二人之间朴素的情谊。末联化用庾信成句,表达惜别留恋之情。诗中极少直接抒情,而是通过羊祜、贾谊、吴公子札和子产等人的典实,表情达意,看似句句平淡,实则饱含情感,含蓄蕴藉。

五言律诗

与诸子①登岘山

人事有代谢,往来成古今。江山留胜迹,我辈复登临。
水落鱼梁②浅,天寒梦泽③深。羊公碑④尚在,读罢泪沾襟。

【注释】

①诸子:诸位朋友。岘山:位于襄阳城西南,东临汉江。岘山原名显山,唐中宗李显后,为避皇帝讳,显山改为岘山。　②鱼梁:沙洲名,在襄阳鹿门山的沔水中。　③梦泽:即云梦泽,古大泽,即今江汉平原上湖

的总称。　④羊公碑：指西晋名将羊祜去世后，其部下和襄阳百姓为他建立的"堕泪碑"。

【评析】

　　这是一首怀古伤今诗。诗人与诸友登临岘山，凭吊羊祜，想到自己求仕而无果，感慨万千。首联点明怀古伤今意。颔联中"江山"扣合首联中"古"字，"我辈"扣合"今"字，"复"表明诗人及诸友继古人而至，寻访遗留的胜迹。颈联写登岘山后所望。首联是时间的古今变化，此联是空间上的延展。在这漫长的时间和广漠的空间中，人如星火一瞬，沧海一粟，短暂而渺小，所怀古人如此，而今"复登临"的今人亦如此。尾联运用羊祜"堕泪碑"的典实，据《晋书·羊祜传》记载，羊祜镇守襄阳时，经常到岘山置酒吟咏，曰："自有宇宙，便有此山，由来贤达圣士，登此远望如我与卿者多矣，皆湮灭无闻，使人悲伤。"羊祜生前政绩卓著，死后，其部属及襄阳百姓于岘山建碑立庙，"岁时飨祭焉，望其碑者，莫不流涕"，故曰"堕泪碑"。"羊公碑尚在"扣合"古"字，"读罢泪沾襟"扣合"今"字，是今人对古人的悼念和对话。此处的"泪沾襟"不仅是感慨古人羊祜，更是悲叹诗人自己。全诗气象宏大，语言平实，情感慷慨深沉。

临洞庭湖①

八月湖水平②，涵虚混太清③。气蒸云梦泽④，波撼岳阳城⑤。欲济无舟楫⑥，端居耻圣明⑦。坐观垂钓者，徒有羡鱼情⑧。

【注释】

①诗题又作"临洞庭湖赠张丞相",张丞相,即张九龄,唐代贤相。②平:指湖水涨满而与岸齐。 ③"涵虚"句:涵,包含。虚,元虚,指构成天地万物的元气。混,混而为一。太清,指天空。 ④"气蒸"句:气蒸,指水汽蒸腾。云梦泽,古大泽,即今江汉平原。⑤岳阳城:即今湖南岳阳市。 ⑥"欲济"句:济,渡水。楫,船桨。 ⑦"端居"句:端居,指闲居。圣明,圣明之世,太平盛世。 ⑧"坐观"二句:意谓自己欲出仕而无援。徒有,空有。《淮南子·说林训》:"临河而羡鱼,不如归家织网。"

【评析】

这首诗诗题又作"临洞庭湖赠张丞相",张丞相,即张九龄,是一首赠与张九龄的诗作。张九龄曾拜相,开元二十五年(737)四月,以尚书右丞相贬荆州长史。是年秋,孟浩然游洞庭湖,作诗赠张九龄以表希冀援引之意。通过描写洞庭湖的景色表达诗人强烈的出仕愿望。首联写湖水之辽阔,湖水与天空混合为一,水天一色,湖面似乎将天空包含其中。颔联写湖水之气势,洞庭湖像古代云梦泽一样水汽蒸腾,波浪涌动,仿佛将湖边的岳阳城撼动。颈联表达诗人出仕的愿望,"欲济无舟楫"是过渡句,既承上,写因洞庭湖水势盛大而无船可渡,又启下,表明欲入仕途却无人援引;"端居耻圣明"句,诗人所处正当开元盛世,感于"邦有道,贫且贱焉,耻也"的古训,故欲出仕以求用。尾联又由湖景生发,含蓄地道出了诗人干谒之意。这首诗前二联写景,后二联述志,写景与述志巧妙结合,意境宏阔壮逸,风格雄浑慷慨。

岁暮归南山①

北阙②休上书，南山归敝庐。不才③明主弃，多病故人疏④。白发催年老，青阳逼岁除⑤。永怀⑥愁不寐，松月夜窗虚⑦。

【注释】

①南山：隐居之地，此当指诗人隐居地之岘山。 ②北阙：皇宫北门的门楼，汉时为群臣奏事谒见之所。《汉书·高帝纪》注："尚书奏事，谒见之徒，皆诣北阙。" ③不才：自谦之词。 ④疏：疏远。 ⑤"青阳"句：青阳，春天。岁除，年终，旧年终了。 ⑥永怀：悠长的思绪。 ⑦"松月"句：月光松影映照于窗间，空明虚寂。

【评析】

这首诗当是诗人长安落第之后所作，诗中充满怨怼不平、愤懑惆怅之情。前二联写归隐，似愤激之语，"不才"既是谦词，又似反语，"明主弃"表达不见用的抱怨之意，"多病故人疏"写对朋友不施以援引的埋怨之情。可见，诗人的归隐并非心平气和的真心归隐。后二联抒写愁绪，一"催"一"逼"，写时光飞逝，年岁老大，功业未立，表现诗人内心焦躁不安的情绪。"永怀愁不寐，松月夜窗虚"写诗人长夜难眠，愁绪满怀，内心空落，前途渺茫。"虚"既指月光松影映于窗间，空明寂寥，又指诗人内心的空虚孤寂之感。据《新唐书·孟浩然传》记载，孟浩然年四十游京师，玄宗诏咏其诗，至"不才明主弃"之语，玄宗谓："卿不求仕，而朕未尝弃卿，奈何诬我？"因放还未仕，后隐居鹿门山。诗中写急于求仕却有"休上书""归敝庐"的愤激之语，写归隐南山却有"永怀愁不寐"的惆怅之情，入庙堂而势不假，归南山而心不甘，怨怼愤懑的情绪下创作吟咏此诗，无怪玄宗怫然不满。

留别王维

寂寂①竟何待，朝朝空自归。欲寻芳草②去，惜与故人违③。当路谁相假④，知音世所稀。只应守寂寞，还掩故园扉⑤。

【注释】

①寂寂：冷落寂寞。左思《咏史》之四："寂寂扬子宅，门无卿相舆。" ②芳草：香草，常用以比喻有美德之人。《离骚》："何昔日之芳草兮，今直为此萧艾也。"此处指归隐。 ③违：分离。 ④"当路"句：当路，当政者。《孟子·公孙丑上》："夫子当路于齐。"假，依靠，凭借，此处指援引。 ⑤扉：门扇。

【评析】

这首诗是诗人科举落第离开长安之前所作，既表达了落第后的失落孤寂，又抒发了与朋友的惜别之情。"寂寂"是双关语，既指门庭之寂静冷落，无人来往，又指诗人内心的孤寂凄清之感。初落第时，诗人并未立即回乡，欲献赋以求用，"欲随平子去，犹未献甘泉"（《题长安王主人壁》)，对仕进仍抱有一丝希望。"朝朝"表明诗人为求仕而出外奔波干谒，未曾得闲。至此，仍无有成果，诗人十分绝望，因此欲归故乡。"欲寻芳草去，惜与故人违"写诗人矛盾的心理，欲归隐田园，却不得不与朋友离别，深感遗憾。在京城长安，让诗人割舍不下的唯有王维在内的几位"故人"，其他皆一无牵挂，包括功名、仕途。"当路谁相假，知音世所稀"慨叹无人援引、知音难觅的现状，表达诗人落寞凄凉的心境。末联"只应"二字，抒写诗人落第后的苦闷和归隐田园的不甘不满之情，似是牢骚怨怼之语。长安应举之前，诗人虽隐居鹿门山，却结识了不少风雅之士、社会名流，创作过一些请求擢拔援引的诗篇，求仕的愿望十分强烈，"还掩故园扉"写诗人对仕途的决绝，亦无意与达官名流交往，由求仕的热情到对仕途的心灰意冷。诗歌平淡朴实，情真意切，无意求工，自然天成。

武陵泛舟

武陵①川路狭，前棹②入花林。莫测幽源③里，仙家④信几深。水回青嶂⑤合，云渡绿溪阴。坐听闲猿啸，弥清尘外心⑥。

【注释】

①武陵：地名，在今湖南常德市。《桃花源记》："晋太元中，武陵人捕鱼为业。缘溪行，忘路之远近，忽逢桃花林。" ②前棹：划船向前。 ③幽源：指幽远神秘的桃源世界。 ④仙家：指桃源中人。 ⑤青嶂：青山壁立如屏障。 ⑥"弥清"句：弥，更加。尘外，世俗之外。

【评析】

这首诗写武陵泛舟的情景。前二联借桃花源的传说，写寻访，以"莫测"二字写仙凡难通，既扣合桃花源的传说，又表现了诗人的闲情逸致。颈联写武陵的美丽风光。尾联写观赏美景，几乎忘尘，以"闲猿啸"反衬幽寂的环境，体现出人迹罕至的世外桃源的特点，渲染诗人清雅平静的情绪。这首诗虽曰律诗，但不拘于格律，似行云流水，平实流畅，清新自然。

游景空寺兰若①

龙象②经行处，山腰度石关③。屡迷青嶂合，时爱绿萝闲。
宴息花林下，高谈竹屿间。寥寥④隔尘事，疑是入鸡山⑤。

【注释】

①景空寺：一名白马寺，在今湖北襄阳市南白马山。初名禅居寺，隋时改为景空寺。兰若（rě）：指寺院，梵语"阿兰若"的省称，意为寂静、无苦恼烦乱之处。　②龙象：佛家语，称诸阿罗汉中，修行勇猛有最大力者为龙象。水行龙力最大，陆行象力最大，故以龙象为喻。后因以名高僧。　③石关：石门。　④寥寥：空虚，空阔。　⑤鸡山：即鸡足山。一在云南宾川县西北，山顶有迦叶石门洞天，俗附会为佛弟子迦叶守佛衣以俟弥勒处，见《嘉庆一统志·大理府·山川》。一在印度，相传为尊者大迦叶波寂灭处，见《大唐西域记·摩揭陀国·鸡足山》。

【评析】

这首诗写诗人游览景空寺的情景。首联"龙象经行处，山腰度石关"

写景空寺的位置,通向景空寺的石门位于山腰,景空寺位置险峻奇绝,与俗世隔绝,气势宏伟,意境阔远。"屡迷青嶂合,时爱绿萝闲"写沿途所见,通向景空寺的道路幽远深邃,表现景空寺清静幽寂的环境。颈联写宴饮欢聚,"宴息""高谈"与周围安静的环境形成鲜明对比,以动衬静,以静衬动,更显寺院之静谧和主客之雅兴。尾联抒发诗人感受,置身兰若,远离尘俗,如入佛境。全诗情感畅达悠闲,意境宏阔清雅。

陪张丞相登嵩阳楼①

独步②人何在,嵩阳有故楼。岁寒问耆旧③,行县拥诸侯④。
泱莽北弥望⑤,沮漳⑥东会流。客中遇知己,无复越乡⑦忧。

【注释】

①张丞相:即张九龄,唐开元年间为丞相。嵩阳:疑为"当阳"之误。②独步:独一无二,指王粲。曹植《与杨德祖书》:"昔仲宣独步于汉南,孔璋鹰扬于河朔。"仲宣,即王粲。曾至荆州依附刘表,不被重用,心情郁闷,于当阳县城楼作《登楼赋》,表达思乡之情和怀才不遇之感。 ③问耆旧:问,慰问。耆旧,故老,年老之人。 ④"行县"句:行县,巡行属县。诸侯,指张九龄,时为荆州长史。 ⑤"泱(yǎng)莽"句:泱莽,广大貌。司马相如《上林赋》:"径乎桂林之中,过乎泱莽之野。"弥望,满目。潘岳《西征赋》:"黄壤千里,沃野弥望。" ⑥沮(jū)漳:沮水和漳水,两条水流名。当阳为荆州属县,其东南有沮漳二水合流。王粲《登楼赋》:"挟清漳之通浦兮,倚曲沮之长洲。" ⑦越乡:离乡。鲍照《还都道中作》:"谁令乏古节,贻此越乡忧。"

【评析】

　　这首诗当是诗人开元二十五年（737）岁暮在荆州幕府陪张九龄巡行属县时所作，时张九龄为荆州长史。首联以"独步""故楼"点出王粲，写古，颔联则点明张九龄，写今。古今相连，使诗歌具有纵向历史感，抒发诗人怀古叹今之情。同时赞美友人张九龄是独一无二、独步古今之人。颈联"泱莽北弥望，沮漳东会流"写登楼所望。既指诗人与友人当时登临的情景，又暗合王粲《登楼赋》所述，古今相合。尾联"客中遇知己，无复越乡忧"，既暗指《登楼赋》中所抒发的思乡、不遇之情，又明指诗人与张九龄互为知音，互相赞赏，不似王粲之境遇，是古今相异之处。全诗古今并提，明暗相间，错落有致，巧妙自然。

与颜钱塘登樟亭望潮作①

　　百里雷声震，鸣弦②暂辍弹。府中连骑出，江上待潮观。照日秋云迥③，浮天渤澥④宽。惊涛来似雪，一坐凛生寒。

【注释】

　　①颜钱塘：指钱塘县令颜某，古人习惯以地名称该地行政长官。钱塘：今浙江杭州市。樟亭：钱塘县城外一观潮亭，后改为浙江亭。　②鸣弦：《吕氏春秋·察贤》载：宓子贱，名不齐，孔子弟子，"治单父，弹鸣琴，身不下堂而单父治"。后因用鸣琴、鸣弦称颂地方官简政清刑，无为而治。此处暗用此典称颂颜钱塘的治理功绩。　③迥：远。　④渤澥

(xiè)：即渤海。司马相如《子虚赋》："浮渤澥，游孟诸。"

【评析】

　　这是一首观潮诗。首联写潮声，未见其潮，先闻其声，先声夺人，体现钱塘潮之声势浩大。正是在巨大潮声的吸引下，颜钱塘停琴观潮。"鸣弦暂辍弹"一句，一方面暗用宓子贱的典实，赞美颜钱塘的治理之功，另一方面也突出潮声之盛大，同时也是由写潮声至出外观潮的过渡。颔联"府中连骑出，江上待潮观"点明题中颜钱塘，同时，暗写钱塘潮。"待"字侧面渲染钱塘潮的气势。颈联写待潮时所望，天空、秋云、宽阔的江面，对钱塘潮仍未正面描写。尾联之"惊涛来似雪"是正面写潮，"一坐凛生寒"写诗人的触觉感受。与其他写钱塘潮的诗文不同，这首诗主要通过潮声、待潮、潮来后的感觉等方面侧面描写钱塘潮，正面描写仅"惊涛来似雪"一句。通过侧面描写，突出钱塘潮的浩大声势，正是这首诗的构思妙处。全诗构思巧妙，气势磅礴，冲淡壮逸。

九　日[①]

九日未成旬[②]，重阳即此晨。登高寻故事[③]，载酒访幽人[④]。
落帽[⑤]恣欢饮，授衣[⑥]同试新。茱萸[⑦]正可佩，折取寄情亲。

【注释】

　　①一题作"九日得新字"，新字，即新诗作。九日：即农历九月初九。　②旬：十日为一旬。　③"登高"句：吴均《续齐谐记》记载汝

南桓景,从费长房游学,累年,费长房谓之曰:"九月九日汝家中当有灾,宜急去,令家人各作绛囊,盛茱萸以系臂,登高饮菊花酒,此祸可除。"桓景是日齐家登山。夕还,鸡犬牛羊一时暴死。登高始于此。后渐失避灾意,惟相承为故事。　④幽人:隐居之人。　⑤落帽:《晋书》卷九十八:"(孟嘉)为征西桓温参军,温甚重之。九月九日温燕龙山,僚佐毕集。时佐吏并著戎服。有风至,吹嘉帽堕落,嘉之不觉。温命孙盛作文嘲嘉,著嘉坐处。嘉还见,即答之,其文甚美,四坐嗟叹。"陶渊明《晋故征西大将军长史孟府君传》写孟嘉"重阳龙山登高落帽",此处意谓不拘小节,恣意欢饮。　⑥授衣:《诗经·豳风·七月》:"七月流火,九月授衣。"　⑦茱萸:《太平御览·风土记》:"九月九日,律中无射而数九,俗于此日……折茱萸房以插头,言辟恶气,而御初寒。"

【评析】

这首诗写重阳节事。首联点明题中"九日"。颔联运用桓景的典实,写登高访友,体现诗人重阳日高雅闲适的兴致。颈联写饮酒授衣,"落帽"用孟嘉的典故,表现诗人与友人潇洒不羁的情态。尾联写佩茱萸。这首诗运用桓景和孟嘉的典实,化用前人成句,既暗合典故,不着痕迹,又写出诗人的重阳节活动,贴切巧妙,浑然天成。

除夜乐城张少府宅①

云海泛瓯闽②,风涛泊岛滨。如何岁除夜,得见故乡亲。
余是乘槎客③,君为失路人④。平生复能几,一别十余春。

【注释】

①乐城：今浙江省乐清市。张少府：即张子容，孟浩然同乡。初，与孟浩然同隐鹿门山，为生死交，诗篇唱答颇多。后弃官归旧业以终。
②瓯闽：指古代瓯越、闽越之地。即今温州市及福州市一带。汉初温州一带为东瓯王国，故称。 ③乘槎客：槎，木筏。张华《博物志》卷十："近世有人居海渚者，年年八月有浮槎去来，不失期。"《论语·公冶长》："道不行，乘桴浮于海。"此指诗人道不行于世的慨叹。 ④失路人：指不得志之人。扬雄《解嘲》："当涂者入青云，失路者委沟渠。"

【评析】

这首诗抒发除夜诗人与同乡张子容相会时的感慨。首联写诗人行旅中因风涛而泊舟，为下文相会埋下伏笔。颔联抒写得遇同乡的感叹，"如何"二字表现诗人意料之外的惊喜之情，行旅之苦与故乡之亲形成鲜明对比。颈联写同病相怜，一是远离尘世、漫游各地、道不行于世的隐者，一是郁郁不得志的地方官。尾联写二人分别之久，有时光飞逝、人生短暂、相见日稀之叹。诗人的情感前后变化十分明显，由行旅之苦到初见时的惊喜，再到后来的感慨，感慨对方，感慨自身，更是感慨人生，表达诗人复杂的思想情感。

舟中晚望

挂席①东南望，青山水国遥。舳舻争利涉②，来往任风潮。

问我今何适③,天台访石桥④。坐看霞色晚,疑是赤城⑤标。

【注释】

①挂席:扬帆。 ②"舳舻(zhú lú)"句:舳,船后舵;舻,船头。舳舻,泛指船只。利涉,利于渡河,顺利渡河。《周易·需卦》:"利涉大川,往有功也。"即卦象显吉,宜于远航。 ③适:至,到。 ④"天台"句:《太平寰宇记》引《启蒙注》:"天台山去天不远,路经油溪水,深险清冷。前有石桥,路径不盈尺,长数十丈,下临绝涧,惟忘身然后能济。" ⑤赤城:即赤城山,天台山的一部分,山中石色皆赤,状如云霞,故而得名。

【评析】

这是一首行旅诗,写诗人赴天台山途中所望。首联紧扣题中"望"字,望见遥远的青山和广阔的绿水,而此次的目的地天台山尚望不可及,体现诗人对天台山的向往之情。颔联写行舟,"争利涉""任风潮"表现诗人游兴盎然以及对天台山的期许。颈联"问我今何适,天台访石桥",以自问自答的形式,点明所游之地天台山,同时表明前所望者亦是天台山。句式自由活泼,表现诗人当时的心情轻快欣喜。《太平寰宇记》引《启蒙注》记载,天台山有油溪水,前有一石桥,路径狭窄,宽不盈尺,长数十丈,下临绝涧,惊险异常,惟忘身方能济。尾联写望见天边云霞,疑是赤城山将近,霞色即是赤城山的石头,其兴奋难抑之情跃然纸上。此联似不经意,实是体现诗人对天台山石桥的极大兴趣。诗人游览的目的地是天台山,但诗中始终未正面描写天台山,而是写沿途所望。全诗围绕"望"字展开,诗中景物无一不是望中所见,表现诗人高昂的兴致和对天台山的向往之情。全诗布局谋篇十分巧妙,承转自然,语淡而意醇。

与杭州薛司户登樟亭驿①

水楼一登眺,半出青林高。帟幕②英僚散,芳筵下客叨③。
山藏伯禹穴④,城压伍胥涛⑤。今日观溟涨⑥,垂纶欲钓鳌⑦。

【注释】

①樟亭驿:在今浙江杭州市。明田汝成《西湖游览志》:"浙江亭,古之樟亭也。" ②帟(yì)幕:泛指帐幕。左思《蜀都赋》:"将飨僚者,张帟幕,会平原,酌清酤,割芳鲜。"帟,小帐幕。《释名·释床帐》:"小幕曰帟,张在人上,帟帟然也。" ③叨:承受。古用于对受人恩惠及礼物表示感谢的谦词。 ④伯禹穴:伯禹,即夏禹,禹的父亲鲧为崇伯,故称伯禹。伯禹穴,在今浙江绍兴会稽山,传说为夏禹葬地。《史记·太史公自序》:"二十而南游江淮,上会稽,探禹穴。" ⑤伍胥涛:即伍胥潮。《吴越春秋》记载:吴国伍子胥遭佞臣陷害,被吴王夫差逼令自杀,并将其尸体装入革囊,抛入江心,伍尸气若奔马,流向大海。后因以伍胥涛或伍胥潮谓怒涛怒潮。 ⑥溟涨:大海。 ⑦钓鳌(áo):《列子·汤问》载渤海之东有五神山,天帝使巨鳌十五举首负载。龙伯国有大人,举足数步而至五山,一钓连六鳌。后因以钓鳌喻抱负远大或举止豪迈。鳌,传说海中大龟。

【评析】

这首诗写诗人登樟亭驿所望所感。首联点明登眺。颔联写主客欢宴。

颈联写望中所见,意境开阔,气势宏大。尾联抒发豪情壮志。全诗写景壮阔宏远,如"半出青林高""山藏伯禹穴""城压伍胥涛""垂纶欲钓鳌",意境开阔,表现诗人豪迈雄壮的志向,有壮逸之气。

寻天台山①作

吾友太一子②,餐霞卧赤城③。欲寻华顶④去,不惮恶溪⑤名。歇马凭云宿⑥,扬帆截海⑦行。高高翠微里,遥见石梁⑧横。

【注释】

①天台山:在今浙江省境内。 ②太一子:又作"太乙子",神名。《史记·封禅书》:"天神贵者太一。"此处指诗人好友。 ③"餐霞"句:餐霞,服食云霞,道家修炼之术。司马相如《大人赋》:"呼吸沆瀣兮餐朝霞。"赤城,古山名,在今浙江天台县北六里,为往天台山必经之路。也是道教传说中山名。庾信《道士步虚词》之三:"五香芬紫府,千灯照赤城。" ④华顶:峰名,天台山主峰。 ⑤恶溪:《太平寰宇记·江南东道》:"恶溪出丽水县东北大瓮山,西南二百五十里至括州城下。"《新唐书·地理志》:"(丽水)县东十里有恶溪,多水怪。" ⑥凭云宿:依云而宿。凭,依靠,依凭。 ⑦截海:横渡大海。 ⑧石梁:即石桥。《太平寰宇记》引《启蒙注》:"天台山去天不远,路经油溪水,深险清冷。前有石桥,路径不盈尺,长数十丈,下临绝涧,惟忘身然后能济。"

【评析】

　　这首诗是诗人游越期间所作。全诗紧扣"寻"字展开。首联点明寻天台山之由,因仰慕友人"太一子"而寻访,以"太一子"喻友人,体现友人超然物外的隐者特点,同时也表明诗人对友人的钦慕之情和对潇洒隐逸生活的向往。颔联正面点出"寻"字,为寻胜迹,连恶溪之名也不顾及,表现诗人对天台山的神往。颈联写"寻"之行程。按行程,应是先水路,后陆路,此处为合诗律故将二句颠倒。"凭云宿""截海行",气韵潇洒宏大,表现诗人欢快闲适的情绪。尾联写"寻"中所望。一番行程之后,远望青山,见一石梁,似是天台山之石桥,写诗人欣喜之情。全诗语言平实朴质,风格冲淡壮逸。

宿立公房①

支遁②初求道,深公笑买山③。何如石岩④趣,自入户庭间。
苔涧春泉满,萝轩夜月闲。能令许玄度⑤,吟卧不知还。

【注释】

　　①立公:当是僧人。房:禅房。　②支遁:晋高僧,字道林,世称支公,亦曰林公,别号支硎,是当时般若学"六家七宗"中即色宗的代表人物。　③"深公"句:《世说新语·排调》载:"支道林因人就深公买印山,深公答曰:'未闻巢、由买山而隐。'"后以买山喻贤士的归隐,亦用以形容人的才德之高。　④岩:高峻的山崖。　⑤许玄度:即许询,东

晋文学家,与王羲之、孙绰、支遁等皆以文冠世,终身不仕,好游山水,体便登涉,故时人云:"询非徒有胜情,实有济胜之具。"见《世说新语·栖逸》。又《世说新语·赏誉》:"许掾尝诣简文,尔夜风恬月朗,乃共作曲室中语。襟怀之咏,偏是许之所长,辞寄清婉,有逾平日。简文虽契素,此遇尤相咨嗟,不觉造膝,共叉手语,达于将旦。既而曰:'玄度才情,故未易多有许!'"许掾,即许询。

【评析】

这首诗写诗人住宿禅房的感想。先从支遁买山的典故入笔,既点明了立公之身份,所宿之山房,又与下一联作对比。"何如"二字将首联和颔联联系起来。支遁买山归隐,哪里比得上诗人不费一钱,入住山房,带有幽默谐趣。继而写禅房之趣,涧边生满青苔,春水初涨,窗前爬满藤萝,月下更显幽静,描绘了一幅夜月禅寺图。最后,诗人自比许询,诗人与许询有些许相似之处:有文才、不仕、好游、体便登涉,表现诗人远离官场、畅游山水的自得之乐。全诗轻松欢快,恬淡自然,且幽默诙谐,此是难得之处,在孟浩然诗中是较少见的。

寻滕逸人[①]故居

人事[②]一朝尽,荒芜三径[③]休。始闻漳浦卧,奄[④]作岱宗游。
池水犹含墨,山云已落秋。今朝泉壑里,何处觅藏舟[⑤]。

【注释】

①逸人:隐居之人。　②人事:人世各种事情,亦指人力所能及的事

情。　③三径：汉赵岐《三辅决录·逃名》记载，西汉末，兖州刺史蒋诩告病辞官，隐居乡里，于院中辟三径，唯与求仲、羊仲来往。后常用三径指代家园或隐者居处。陶渊明《归去来兮辞》："三径就荒，松菊犹存。"　④奄：忽然，快速地。　⑤藏舟：典出《庄子·大宗师》："夫藏舟于壑，藏山于泽，谓之固矣。然而夜半有力者负之而走，昧者不知也。"后用藏舟比喻事物不断变化，不可固守。

【评析】

　　这首诗写诗人寻滕逸人故居时的感慨抒怀。全诗围绕"变"字展开。首联写人事之变，同时点明寻访的缘起。诗人久无交往，三径就荒，故欲寻访故人以遣愁绪。颔联写滕逸人居所之变，"始""奄"表明变化之快，诗人寻访友人，只见友人故居，不知何时，友人已远游他方，使诗人有恍如隔世的落寞之感。颈联写季节之变。"池水犹含墨"写夏，"山云已落秋"写秋，"犹""已"二字抒发时光飞逝的感慨。尾联运用《庄子》中"藏舟"的典故，具有双关意义，既比喻事物不断变化，难以固守，又写藏舟随友人远去，泉壑中无复寻觅，表现诗人寻友人而不遇的失落怅惘之情。全诗并未描写故居的景象，而是写寻访不遇而空见故居的慨叹惆怅之情，三径就荒，友人远游，季节更迭，这些变化都令诗人产生凄凉失落之感。全诗联联不离变化，句句皆抒感慨，构思十分别致。

夏日浮舟过滕逸人别业①

水亭凉气多，闲棹晚来过。涧影见藤竹，潭香闻芰荷②。野童③扶醉舞，山鸟笑酣歌。幽赏④未云遍，烟光奈夕何。

【注释】

①浮舟：犹泛舟。别业：即别墅。　②芰（jì）荷：泛指荷花。芰，菱角，两角谓菱，四角谓芰。　③野童：乡野之童。　④幽赏：赏玩幽胜。

【评析】

这首诗写夏日傍晚滕逸人别业附近的幽雅景致，表达诗人悠游自得的心境。首联点明题中"夏日浮舟"，一"多"一"闲"，表明诗人的闲情逸致。颔联通过写"影"和"香"侧面描写藤竹和芰荷，新颖别致。颈联写人，老翁醉酒，小童扶持，主客酢饮，山鸟助和，呈现出一派幽静欢乐的气氛。尾联作结，幽赏未尽，不觉日落西山。全诗景物似是信手拈来，浑然天成，语言情感皆朴质自然。

与白明府①游江

故人来自远，邑宰②复初临。执手恨为别，同舟无异心。
沿洄洲渚趣③，演漾④弦歌音。谁识躬耕者，年年梁甫吟⑤。

【注释】

①明府：唐时习惯称县令为明府。　②邑宰：此处指白明府。　③"沿洄"句：沿，顺流而下。洄，逆流而上。洲渚，水中可居者曰洲，小洲曰渚。　④演漾：流动起伏貌。　⑤梁甫吟：又作"梁父吟"。《三国志·蜀书·诸

葛亮传》:"玄卒,亮躬耕陇亩,好为梁父吟。"

【评析】

　　这首诗写诗人与友人白明府泛舟江上,表达诗人故友相见的欣喜和无有知音相赏的感慨。"执手恨为别"句,恨者,遗憾也。"恨"字是承上而来,因故人"来自远""复初临",正因为故人远道来访,故"无异心"。"沿洄""演漾"则又上承"同舟"二字,写二人泛舟游玩。由"弦歌音"又启下之"梁甫吟"。全诗在结构上环环相扣,前承后启,精巧严密。

游精思①题观主山房

　　误入花源②里,初怜竹径深。方知仙子宅,未有世人寻。
　　舞鹤过闲砌③,飞猿啸密林。渐通玄妙理④,深得坐忘⑤心。

【注释】

　　①精思:即精思观,在襄阳附近。孟浩然有诗题为《游精思观王白云在后》。　②花源:用陶渊明《桃花源记》典故。　③砌:台阶。　④玄妙理:玄虚微妙之理。　⑤坐忘:道家所追求的物我两忘、淡泊无虑的精神境界。《庄子·大宗师》:"堕肢体,黜聪明,离形去知,同于大通,此谓坐忘。"

【评析】

　　这是一首题壁诗。诗人将道观比作桃花源,"误入""未有世人寻",

体现了道观幽远深邃、人迹罕至的世外桃源般的特点。"舞鹤过闲砌"从视觉角度表现道观之幽,"飞猿啸密林"从听觉角度反衬道观之静。在如此幽静的环境下,观主人及诗人自然达到物我两忘的精神境界。诗歌捕捉典型的事物来表达道观的幽静,描摹生动形象,真切自然。

寻梅道士

彭泽先生柳①,山阴道士鹅②。我来从所好,停策夏云多。重以观鱼乐③,因之鼓枻④歌。崔徐⑤迹未朽,千载挹清波。

【注释】

①"彭泽"句:彭泽先生,即陶渊明,曾在彭泽出任县令,故称。其《五柳先生传》云:"宅边有五柳树,因以为号焉。" ②"山阴"句:《晋书》卷八十载:"山阴有一道士养好鹅,羲之往观焉,意甚悦,固求市之。道士云:'为写《道德经》,当举群相赠耳。'羲之欣然写毕,笼鹅而归。" ③"重以"句:重,再,加上。观鱼乐,出自《庄子·秋水》:"庄子与惠子游于濠梁之上。庄子曰:'鯈鱼出游从容,是鱼之乐也?'惠子曰:'子非鱼,安知鱼之乐?'庄子曰:'子非我,安知我不知鱼之乐?'惠子曰:'我非子,固不知子矣;子固非鱼也,子之不知鱼之乐,全矣。'庄子曰:'请循其本。子曰"汝安知鱼乐"云者,既已知吾知之而问我。我知之濠上也。'" ④鼓枻(yì):摇动船桨。《楚辞·渔父》:"渔父莞尔而笑,鼓枻而去。" ⑤崔徐:即崔州平和徐庶。《水经注·沔水》:"(檀溪)之阳有徐元直、崔州平故宅。"

【评析】

　　这首诗写寻访梅道士，表达诗人隐居之乐。全诗运用多个人物典故，他们或为隐者，或为道士，多为避世之士，切合诗人和梅道士的身份。诗人将情感寓于典故之中。"彭泽先生柳，山阴道士鹅"二句中，诗人自比五柳先生，用山阴道士和王羲之的典故，表达诗人与梅道士意气相投、惺惺相惜的友情。"崔徐迹未朽，千载揖清波"二句写诗人与友人寻访先贤遗迹，表达对先贤的仰慕之情，同时也是诗人对自我的肯定和对友人梅道士的称美。"重以观鱼乐，因之鼓枻歌"二句尤其精妙，既暗合庄子、渔父的典实，又明写诗人与梅道士的泛舟观鱼之乐，表现诗人轻松惬意的隐逸生活。诗中典故各有含义，故典实虽多，却没有罗列堆砌之嫌，全诗风格潇洒自然，古雅蕴藉。

陪姚使君题惠上人房

　　带雪梅初暖，含烟柳尚青。来窥童子偈①，得听法王②经。会理知无我③，观空厌有形④。迷心应觉悟，客思不遑⑤宁。

【注释】

　　①童子偈：童子，佛经中称菩萨为童子，一因菩萨是法王真子，二因其无淫欲之念，如世之童子。偈，佛经中的颂词，梵语偈佗的简称，多用三言、四言、五言、六言、七言以至多言为句，四句合为一偈。　②法王：佛教对释迦牟尼的尊称。《无量寿经》下："佛为法王，尊超众圣，

普为一切天人之师。"庾信《陕州弘农郡五张寺经藏碑》:"是以法王御世,天人论道,汲引四流,周圆五怖。" ③无我:佛教语,认为人是由色法、名法构成,色法、名法不停生灭,没有恒常不变的我。 ④有形:即有相,佛教主张万有皆空,心体本寂,称造作之相或虚假之相为有相。《大日经疏》:"可见可现之法,即为有相。"《金刚经·如理实见分》:"佛告须菩提,凡所有相,皆是虚妄。"此处为押"青"韵,而改"有相"为"有形"。 ⑤遑:空闲,闲暇。

【评析】

　　诗题下原有"得青字"三字,可见,这首诗为和姚使君诗而作,以"青"为韵。诗歌写诗人观偈听经及其感受。首联"带雪梅初暖,含烟柳尚青"写初春之景,"梅初暖"运用通感手法,由视觉而感觉,"含烟"写柳色淡绿,十分精妙细致。颔联"来窥童子偈,得听法王经"点明游寺活动,同时表达对惠上人的称扬。颈联写诗人参偈听经后的感受。尾联写因受佛法洗涤,诗人尘俗之心应觉悟,但诗人因思乡之情、客子之愁,内心难以平静,也就难以真正觉悟,表现了诗人尘俗的烦恼忧愁和对清净佛界的向往之情。全诗通体对仗,细密严谨。

晚春远上人①南亭

给园支遁隐②,虚寂养闲和。春晚群木秀③,关关④黄鸟歌。林栖居士⑤竹,池养右军鹅⑥。花月北窗下,清风期⑦再过。

【注释】

①上人：佛教称具备德智善行的人，后来作为对僧人的敬称。　②"给园"句：给园，即给孤园，亦称祇园，此处指远上人园。支遁，晋高僧，字道林，世称支公，亦曰林公，别号支硎，是当时般若学"六家七宗"中即色宗的代表人物，此处指远上人。　③"春晚"句：谢灵运《入彭蠡湖口》："春晚绿野秀，岩高白云屯。"　④关关：鸟鸣之声。《诗经·周南·关雎》："关关雎鸠，在河之洲。"　⑤居士：梵语迦罗越，原意为奉佛之人，译为居士。　⑥右军鹅：《晋书》卷八十载：山阴道士养好鹅，羲之因求市之。道士云，为写《道德经》，当举群相赠。羲之欣然写毕，笼鹅而归。右军，即王羲之，官拜右军将军，人称王右军。　⑦期：期望，相约。

【评析】

这首诗诗题又作"晚春题远上人南亭"，是一首题壁诗。诗歌描写远上人的南亭清幽雅致的自然环境和远上人悠闲自得的闲雅生活，表现诗人高雅的情趣和对闲雅生活的喜爱之情。首联以给孤园喻远上人的园林，以支遁喻远上人，远上人于虚寂之境中养闲和之气，表达诗人对远上人佛学修为的赞赏。颔联描写远上人南亭的清幽环境，"春晚群木秀"句从视觉的角度，"关关黄鸟歌"句从听觉的角度，以动衬静，突出环境之清静雅致。颈联写远上人的生活，闲来种竹养鹅，借用王羲之与山阴道士的典故，表现远上人高雅脱俗的情趣。尾联表达诗人期望再至南亭之意，表现了对远上人的南亭风景和生活的喜爱向往之情。

人日①登南阳驿门亭子怀汉川诸友

朝来登陟②处，不似艳阳时③。异县殊风物，羁怀④多所思。

剪花惊岁早,看柳讶⑤春迟。未有南飞雁⑥,裁书⑦欲寄谁。

【注释】

①人日:旧历正月初七日,是日亦有登高之俗。《荆楚岁时记》:"正月七日为人日,以七种菜为羹,剪彩为人,或镂金箔为人,以贴屏风,亦戴之头鬓,又造华胜以相遗,登高赋诗。" ②登陟:登高。陟,升。 ③艳阳时:指春天。 ④羁怀:羁旅情怀。 ⑤讶:惊讶,惊奇。 ⑥南飞雁:用苏武典故,出自《汉书·苏武传》:"天子射上林中,得雁,足有系帛书,言武等在某泽中。"后以鸿雁作为信使或书信的代称。 ⑦裁书:裁笺作书,即写信。曹丕《与吴质书》:"东望于邑,裁书叙心。"

【评析】

这是一首羁旅兼怀人之作。首句点明题中"登"字。"不似艳阳时"意谓登临之地相对于汉川,春来略迟,诗人自然兴起"异县殊风物"之叹。正是由于"殊风物",诗人产生羁旅之思。"羁怀多所思"承上句而来,顺理成章,毫不突兀。颈联具体写诗人"所思"。"剪花惊岁早"写时光飞逝,不觉羁留客地许久。"看柳讶春迟"又一次照应"不似艳阳时"和"异县殊风物",增添了羁旅之愁。尾联写诗人欲寄书抒怀,奈无有传信之人,愁思无处倾诉。全诗结构严谨,环环相扣,情感真挚深沉,承转自然。

游凤林寺①西岭

共喜年华②好,来游水石间。烟容③开远树,春色满幽山。

壶酒朋情洽，琴歌野兴④闲。莫愁归路暝⑤，招月伴人还。

【注释】

①凤林寺：在湖北襄阳市东南十里。 ②年华：谓春光，时光。 ③烟容：指笼罩于林间的雾霭。 ④野兴：山野之兴致。杨衒之《洛阳伽蓝记·正始寺》："是以山情野兴之士，游以忘归。" ⑤暝：黄昏，昏暗。

【评析】

这首诗写诗人与朋友游览凤林寺西岭的情景。首联破题，写大好春光中与朋友相约共游西岭。颔联写望中所见，远树朦胧，似笼罩着一层烟雾，春满幽山，利用白描手法勾勒出山间春色图。颈联写朋友欢聚畅饮，兴致悠闲，十分融洽。尾联写天色已晚，仍游兴未尽。"招"字充分体现了诗人的惬意感觉，月亮仿佛也能招之即来。全诗以平常景、平常事入诗，却兴致盎然，情感浓郁。

赠道士参寥①

蜀琴久不弄②，玉匣细尘生。丝脆弦将断，金徽色尚荣③。
知音徒自惜，聋俗④本相轻。不遇钟期⑤听，谁知鸾凤声⑥。

【注释】

①参寥：道士法号，疑即参寥子。李白有诗《赠参寥子》，可知参寥居襄阳。 ②"蜀琴"句：蜀琴，鲍照《玩月城西门廨中》："蜀琴抽白雪，

郢曲发阳春。"李善注:"相如工琴而处蜀,故曰蜀琴。"又,蜀地桐木可作乐器。《水经注·渐江水》记载以蜀中桐材,刻作鱼形,击一石鼓,声闻数十里。弄,弹奏。　③"金徽"句:金徽,金色琴徽,是音调的标记。荣,鲜明。　④聋俗:赵至《与嵇茂齐书》:"奏韶舞于聋俗,固难以取贵矣。"刘良注:"聋俗,耳病之人不贵音也。"指愚昧无知的世俗之人。　⑤钟期:即钟子期,用"高山流水"典故,此处指道士参寥。　⑥鸾凤声:嵇康《琴赋》:"远而听之,若鸾凤和鸣戏云中;迫而察之,若众葩敷荣曜春风。"此处以鸾凤声比喻贤俊之士的心声。

【评析】

　　这首诗赠友抒怀。前二联围绕"蜀琴久不弄"来写,通过"细尘生""弦将断"描写"久不弄"之蜀琴,蜀琴之所以闲置,皆因无有知音赏,自然过渡到后二联。诗中借用俞伯牙和钟子期的故事,将参寥道士比作钟子期,将诗人自己比作伯牙,将所弹琴音比作鸾凤之声,表达诗人不被世俗理解的苦闷和得遇知己的欣慰。全诗晓畅如话,情感浓郁,蕴藉深沉,语淡意醇。

京还赠张维①

拂衣②去何处,高枕南山③南。欲徇五斗禄④,其如七不堪⑤。
早朝非晏起⑥,束带异抽簪⑦。因向智者说,游鱼思旧潭⑧。

【注释】

　　①张维:《全唐诗》校:"一作王维。"　②拂衣:提衣,振衣,表示决

绝之意。后以拂衣谓隐居。《后汉书·杨震列传》附《杨彪传》："孔融鲁国男子，明日便当拂衣而去，不复朝矣！"　③南山：指孟浩然隐居之处。　④"欲徇"句：徇，顺从。五斗禄，即五斗米，指微薄薪俸。《晋书·陶潜传》："潜叹曰：'吾不能为五斗米折腰，拳拳事乡里小人！'义熙二年，解印去县。"　⑤七不堪：嵇康《与山巨源绝交书》列举不能出仕的原因有"必不堪者七，甚不可者二"。后诗文中把"七不堪"作为无意出仕或才能不称的典故。　⑥"早朝"句：晏，晚也。即"七不堪"中之一不堪："卧喜晚起，而当关呼之不置。"　⑦"束带"句：抽簪，散发，即"七不堪"中之三不堪："危坐一时，痹不得摇，性复多虱，把搔无已，而当裹以章服，揖拜上官。"　⑧"游鱼"句：陶渊明《归园田居》："羁鸟恋旧林，池鱼思故渊。"

【评析】

　　这首诗约作于开元十七年（729），时诗人科举落第，此是回乡后所作，表明诗人远离仕途、归隐田园的决心。应试之前，诗人情绪高涨，志在必得，而此诗提及归隐的缘由是"七不堪"，实是借口而已，体现诗人落第后的愤懑不平和对仕途的失望以及归隐田园的无可奈何，"拂衣去何处，高枕南山南"看似洒脱，实则情绪矛盾复杂。诗中运用陶渊明、孔融、嵇康等人的典实，贴切自然，可知这几人对诗人的思想影响是很大的。

题李十四庄兼赠綦母①校书

闻君息阴地，东郭柳林间。左右瀍涧水②，门庭缑氏山③。
抱琴来取醉，垂钓坐乘闲。归客莫相待，缘源殊未还。

【注释】

①綦（qí）母：亦作"綦毋"，复姓。此当指綦毋潜，著名诗人，曾任秘书省校书郎，王维有《送綦毋潜校书弃官还江东》诗。 ②瀍（chán）涧水：即瀍水，源出洛阳西北谷城山，入于洛水。 ③缑（gōu）氏山：山名，在今河南偃师，相传仙人王子乔语桓良于七月七日在缑氏山相见，即指此山。

【评析】

开元二十一年（733）冬，綦毋潜送诗友储光羲辞官归隐，受其影响，也萌发了归隐之志，便于当年年底，离开长安，经洛阳，盘桓半年多，后弃官南返。此诗约创作于开元二十二年（734），綦毋潜暂隐洛阳期间。前二联写友人隐居之地环境，勾勒出一处幽静闲雅的隐居之所。后二联表现隐者之乐，醉来抚琴，闲中垂钓，乐而忘返，塑造出一位悠然自得的隐者形象。全诗语言平淡自然，诗中有画，清丽幽远。

秋登张明府①海亭

海亭秋日望，委曲②见江山。染翰③聊题壁，倾壶一解颜④。
欢逢彭泽令⑤，归赏故园间。余亦将琴史⑥，栖迟⑦共取闲。

【注释】

①张明府：指张子容。 ②委曲：即逶迤，曲折辗转。 ③染翰：以

笔蘸墨，指书写。翰，笔。潘岳《秋兴赋》："于是染翰操纸，慨然而赋。"　④解颜：开颜而笑。曹植《七启》："南威为之解颜，西施为之巧笑。"　⑤彭泽令：陶渊明曾任彭泽令，此指张明府，唐时县令亦称明府。　⑥琴史：琴和史书。　⑦栖迟：游息，居住。《诗经·陈风·衡门》："衡门之下，可以栖迟。"

【评析】

　　这首诗写诗人与友人张明府欢聚的情景。首联写登海亭远望，见江山曼延曲折。颔联却陡地一转，并未继续写望中所见，而是写与朋友题诗饮酒，由望中景而至眼前景，渲染朋友相会后的欣喜之情。颈联以彭泽令喻张明府，称赞他的高风亮节。尾联仍未重墨描写望中景象，而是承接颈联而来，由诗人自己的角度继续写与友人欢聚的场面，将诗人开怀畅饮、欢快悠闲的情绪表现得淋漓尽致。

九日龙沙寄刘大①

龙沙豫章②北，九日挂帆过。风俗③因时见，湖山发兴多。客中谁送酒④，棹里自成歌。歌竟⑤乘流去，滔滔⑥任夕波。

【注释】

　　①九日：即九月九日重阳节。龙沙：在今江西新建县北。刘大：疑为刘昚虚，江东人，盛唐著名诗人，行大，故称。题又作"九日龙沙寄刘大昚虚"。　②豫章：今江西南昌市。　③风俗：此处指重阳节风俗。

④"客中"句：南朝宋檀道鸾《续晋阳秋》载："陶潜尝九月九日无酒，宅边菊丛中，摘菊盈把，坐其侧久，望见白衣至，乃王弘送酒也，即便就酌，醉而后归。" ⑤竟：终了，结束。 ⑥滔滔：水流貌。

【评析】

这是一首寄友抒怀之作。首联写诗人的行程。龙沙，在今江西新建县北，而刘昚虚家居洪州新吴，即今之江西奉新县。据《旧唐书》和《新唐书》记载，新建县与奉新县同属洪州都督府，诗人行船至刘昚虚家乡附近，故写诗赠之。颔联写得见异乡重阳风俗，"发兴多"，即感慨良多。颈联即具体写诗人之"兴"，客中无酒，棹里自歌，表现行旅孤寂之感，也表达了诗人对友人的思念之情。尾联写新的行程，"任"字写出诗人壮逸旷达的气概。这首诗通过重阳节无酒自歌、乘流去、任夕波等描写，塑造了一个客中旅人的形象，体现诗人既略感孤寂又潇洒闲适的情感特征，通过行动表现人物的心理活动，十分传神生动。

洞庭湖寄阎九①

洞庭秋正阔②，余欲泛归船。莫辨荆吴地③，唯余水共天。
渺渺④江树没，合沓⑤海湖连。迟尔为舟楫⑥，相将济巨川⑦。

【注释】

①阎九：即阎防，唐代诗人，河中人，开元二十二年（734）李琚榜及第。为人好古博雅，放旷山水，于终南山结茅茨读书。 ②"洞庭"

句:秋天涨水,洞庭湖水面辽阔。 ③荆吴地:洞庭湖被认为是吴楚交界地,杜甫亦有诗云"吴楚东南坼"。荆,即指楚。 ④渺弥:水流旷远貌。晋代木华《海赋》:"沖瀜沆瀁,渺弥澹漫。"李善注:"渺弥澹漫,旷远之貌。" ⑤合沓:重叠。谢朓《敬亭山》诗:"兹山亘百里,合沓与云齐。" ⑥"迟(zhì)尔"句:迟,等待。舟楫,船和桨。《尚书·说命上》:"若济巨川,用汝作舟楫。" ⑦"相将"句:相将,相共。济,渡水。

【评析】

　　孟浩然一生大部分时间皆是在隐居和漫游中度过,但他的出仕愿望有时十分强烈,这首诗就是通过描写洞庭湖之景寄友抒怀,表达出仕愿望。首联"阔"字概括秋汛中洞庭湖的特点。颔联和颈联皆围绕"阔"字来写,水天一色,不见陆地,江边的远树仿佛都隐没于洪涛之中,湖水似与大海相连,从视觉错觉的角度来写洞庭湖的广阔无边。洞庭湖的广阔同时也暗喻开元盛世的天地之广,因而很自然地过渡到尾联,就洞庭湖之景生发,写欲济巨川,需待舟楫,表明诗人与朋友欲出仕而待引荐的心理。阎防放旷山水,亦是一位隐士。这首诗既是自勉,同时又是对朋友阎防的激励。这首五律,对偶工整,写景宏阔,写景与述志巧妙结合,具有壮逸雄阔的风格。

和李侍御渡松滋江^①

南纪西江阔^②,皇华^③御史雄。截流宁假楫^④,挂席自生风。寮寀^⑤争攀鹢,鱼龙亦避骢^⑥。坐闻白雪唱^⑦,翻入棹歌中。

【注释】

①和（hè）：应和，和诗。松滋江：位于今湖北松滋市，是长江的支流。 ②"南纪"句：南纪，《诗经·小雅·四月》："滔滔江汉，南国之纪。"后称南方为南纪。西江，此指松滋江。 ③皇华：《诗经·小雅·皇皇者华》诗序谓为君遣使臣之作。后遂用皇华作使者或出使的典故。谢灵运《撰征赋序》："余摄官承乏，谬充殊役，皇华愧于先雅，靡盬悴于征人。" ④"截流"句：截流，渡江。宁，怎么，难道。假，凭借。 ⑤寮寀（liáo cǎi）：百官。陆机《晋平西将军孝侯周处碑》："汪洋廷阙之傍，昂藏寮寀之上。" ⑥避骢：骢，当作"骢"。《后汉书·桓荣丁鸿列传》附《桓典传》："举高第，拜侍御史。是时宦官秉权，典执政无所回避。常乘骢马，京师畏惮，为之语曰：'行行且止，避骢马御史。'"此处骢指李侍御。 ⑦白雪唱：宋玉《对楚王问》："其为阳春白雪，国中属而和者不过数十人。"后以阳春白雪喻高雅脱俗的事物，此处以白雪唱代指李侍御的诗作。

【评析】

这首诗为和李侍御诗而作。"南纪"点明题中"松滋江"，"皇华"点明题中"李侍御"。颔联"截流宁假楫，挂席自生风"则将松滋江与李侍御二者联系起来，点明题中"渡"字。颔联、颈联盛赞李侍御的威严和气场，诗人不无艳羡之情。尾联称赞李侍御的诗作为阳春白雪，高雅脱俗，同时暗含自谦，难以属和之意。全诗用典不露痕迹，贴切自然，尤其是"避骢"运用桓典典故，既切合李侍御的身份，又借桓典赞颂了李侍御的才德。全诗盛赞李侍御为官之威严、官僚之攀附、诗作之脱俗，似不免谄谀之嫌。

秦中感秋寄上人①

一丘②常欲卧,三径③苦无资。北土非吾愿,东林④怀我师。黄金燃桂尽⑤,壮志逐年衰。日夕凉风至,闻蝉但益悲。

【注释】

①上人:对僧人的尊称。 ②一丘:《晋书》卷四十九:晋明帝为太子时,问谢鲲:"论者以君方庾亮,自谓何如?"答道:"端委庙堂,使百僚准则,鲲不如亮;一丘一壑,自谓过之。"一丘一壑,原指隐者所居之地,后多用以比喻归隐山野,纵情山水。 ③三径:汉赵岐《三辅决录·逃名》记载,西汉末,兖州刺史蒋诩告病辞官,隐居乡里,于院中辟三径,唯与求仲、羊仲来往。后常用三径指代家园或隐者居处。陶渊明《归去来兮辞》:"三径就荒,松菊犹存。" ④东林:指上人所居的庐山东林寺。 ⑤"黄金"句:《战国策·楚策》:"楚国之食贵于玉,薪贵于桂。"后以"米珠薪桂"言物价昂贵。此指花费巨大,盘缠用尽。

【评析】

这首诗当作于诗人长安落第之后,反映了失意、悲凉、归隐的情绪。首联即直抒胸臆,写诗人本欲长隐山林,怎奈家贫无资,不得安居,故出外求仕,不料落第而归,感觉走投无路,欲隐而无资,欲仕而无路,这种矛盾心理让诗人进退两难,苦闷惆怅。颔联又一次申明出仕并非本意,而是迫于生计。"北土"即秦中长安,"东林怀我师"句一方面表明诗人归隐之志，另一方面表达诗人对上人的思念和尊重。颈联继续写诗人在长安的境况。"黄金燃桂尽"句照应"三径苦无资"句，"壮志逐年衰"句照应"一丘常欲卧"句，随着时间的推移，贫困的境况更加突出，而求仕的愿望愈加衰减。尾联写面对日益加剧的潦倒境况，诗人愁肠百转，又加秋蝉鸣叫，更感到孤寂凄凉。这首诗的特点有二：一是直抒胸臆，不加修饰，真切自然。二是前三联但抒情，至尾联方点明"秋"字，章法不拘一格。

送洗然弟进士举

献策金门去①，承欢彩服违②。以吾一日长③，念尔聚星稀。昏定须温席④，寒多未授衣⑤。桂枝如已擢⑥，早逐雁南飞。

【注释】

①"献策"句：献策，据《新唐书·选举志》记载，进士科除试诗赋外，尚需试时务策五道。金门，即金马门，《后汉书·马援列传》："孝武皇帝时，善相马者东门京，铸作铜马法献之，有诏立马于鲁班门外，则更名鲁班门曰金马门。"后沿用为官署的代称。东方朔、主父偃等皆待诏金马门。 ②"承欢"句：相传老莱子着彩衣为儿戏以娱亲，后因以斑衣、彩服为孝养父母的典故。见《初学记·孝子传》。 ③"以吾"句：《论语·先进》："子曰：'以吾一日长乎尔，毋吾以也。'" ④"昏定"句：昏，黄昏。定，人定。古代天色计时法将一昼夜划分为十二个时辰，黄昏、人定是其中的两个时辰。汉乐府《孔雀东南飞》："奄奄黄昏后，

寂寂人定初。"温席,《后汉书·文苑列传》记载,东汉江夏人黄香,九岁失母,事父至孝,暑扇床枕,寒以身温席,后温席成为孝亲的典故。 ⑤授衣:《诗经·豳风·七月》:"七月流火,九月授衣。" ⑥"桂枝"句:指登科,又名擢桂、折桂。

【评析】

　　这是一首送弟应举的诗作,充满亲情。"献策金门去"本是可喜可贺之事,但是下一句忽一转折,"承欢彩服违",远赴应举,不能承欢膝下,因此,诗人未觉可喜,反觉遗憾。颔联承上而来,不仅不能侍奉父母,而且兄弟之间也相聚日稀,流露出深深的惜别之情。颈联运用黄香温席的典故,化用《诗经》成句,提醒弟弟洗然远在他乡,应时时念及家中双亲年事已高,尚需照料。尾联叮嘱弟弟中举后即刻归家。这首诗的特别之处在于,虽是一首送人应举的诗作,但并未像其他诗歌一样表达对应举之人的祝愿和激励,而是以家中父母需要奉养为由提醒弟弟早日回乡,诗人想到的不是功成名就,不是飞黄腾达,也不是光宗耀祖,而是难以割舍的亲情。这首诗语言平易,情感真挚感人,是一首亲情洋溢的诗作。

夜泊庐江闻故人在东林寺①以诗寄之

　　江路经庐阜②,松门入虎溪③。闻君寻寂乐,清夜宿招提④。石镜山精怯⑤,禅林怖鸽栖⑥。一灯⑦如悟道,为照客心迷。

【注释】

　　①东林寺:寺庙名,位于庐山。　②庐阜:即庐山。　③虎溪:水

名,在江西庐山下。传说晋释慧远居庐山东林寺,送客不过溪。一日与陶潜、道士陆静修共话,不觉逾此,虎辄骤鸣,三人大笑而别。　④招提:梵语拓斗提奢,义为四方。后省称拓提,误为招提。四方之僧称招提僧,四方之僧之住处称招提僧房。北魏太武造伽蓝,创招提之名,后遂为寺院的别称。此处指东林寺。　⑤"石镜"句:石镜,如镜的山石。《水经注·庐江水》:"(庐)山东有石镜,照水之所出。有一圆石,悬崖明净,照见人形,晨光初散,则延曜入石,豪细必察,故名石镜焉。"山精,传说中的山中怪兽。《抱朴子·内篇·登涉》:"又万物之老者,其精悉能假托人形,以眩惑人目而常试人,唯不能于镜中易其真形耳。是以古之入山道士,皆以明镜径九寸已上,悬于背后,则老魅不敢近人。"　⑥"禅林"句:禅林,佛教寺院,寺院多建于山林之地,故名。怖鸽,北本《涅槃经》卷二十八中记载:"我(佛陀)昔一时与舍利弗及五百弟子俱共止住摩伽陀国瞻婆大城,时有猎师追逐一鸽。是鸽惶怖,至舍利弗影,犹故战栗如芭蕉树动;至我影中,身心安稳,恐怖得除,是故当知如来世尊毕竟持戒,乃至身影犹有是力。"　⑦一灯:佛教用语,喻菩提之心。《华严经》:"譬如一灯入于暗室,百千年暗悉能破尽。"

【评析】

　　这首诗一作王昌龄诗,写诗人夜泊庐江,听闻故人在庐山东林寺,因此写诗寄友。首联写行程,扣合题中"夜泊庐江"。颔联写诗人听闻故人夜宿东林寺,照应题意。颈联描写山中东林寺,石镜可令山精胆怯,禅林可供怖鸽栖息,突出寺院之清净和佛法无边,同时也从侧面体现诗人惶惑不安的心绪,期望借寺院以栖身,从佛法中求得安慰和解脱。故自然过渡到尾联,若故人能悟道,希望能为自己指点迷津。全诗没有直接抒情,而是通过对东林寺的描写和"为照客心迷"句，表现了诗人惶惑迷茫的情绪。

宿桐庐江寄广陵旧游①

山暝听猿愁，沧江②急夜流。风鸣两岸叶，月照一孤舟。
建德非吾土③，维扬④忆旧游。还将数行泪，遥寄海西头⑤。

【注释】

①桐庐江：即桐江，在今浙江桐庐县境内，是钱塘江流经桐庐县一带的别称。广陵：即今江苏扬州市。 ②沧江：以江水呈苍色，故称。南朝梁任昉《赠郭桐庐》诗："沧江路穷此，湍险方自兹。"此处指桐庐江。 ③"建德"句：王粲《登楼赋》："虽信美而非吾土兮，曾何足以少留。" ④维扬：即扬州。 ⑤海西头：指扬州。杨广《泛龙舟歌》："借问扬州在何处，淮南江北海西头。"

【评析】

这是一首吴越行旅诗，诗人四十岁长安应试失利，为排遣苦闷而漫游吴越。诗中猿啸、急流、风声、月下孤舟、舟上旅人，勾勒出一幅孤舟夜泊图，意境凄冷孤寂。在这种环境下，诗人的情绪自然而发。"建德非吾土"抒发思乡之感，"维扬忆旧游"表达怀友之情。尾联"还将数行泪，遥寄海西头"写诗人欲将心事诉之好友，求得宽慰。全诗表现了诗人落第后的苦闷和行旅中的孤寂，意境清冷，语淡情浓。

南还舟中寄袁太祝

沿溯非便习①,风波②厌苦辛。忽闻迁谷鸟③,来报五陵春④。岭北⑤回征棹,巴东问故人⑥。桃源何处是,游子正迷津⑦。

【注释】

①"沿溯"句:沿,顺流而下。溯,逆流而上。便习,熟习。②风波:风浪。③迁谷鸟:《诗经·小雅·伐木》:"伐木丁丁,鸟鸣嘤嘤。出自幽谷,迁于乔木。"后用迁莺、迁乔、迁谷喻仕进,唐人多用以指进士及第。④五陵春:又作"武陵春",疑袁太祝为武陵人。⑤岭北:即五岭以北。五岭指大庾岭、骑田岭、都庞岭、萌渚岭、越城岭。⑥"巴东"句:《水经注·沅水》:"武陵有五溪,谓雄溪、构溪、力溪、无溪、酉溪……酉水导源益州巴郡临江县。"则武陵在巴郡之东,故称巴东。问,存问,拜访。⑦迷津:迷失渡口。用陶渊明《桃花源记》武陵人入桃花源,后不复得路事。

【评析】

这是一首羁旅诗。首联直抒胸臆,"非便习""厌苦辛"表达奔波行旅之苦和诗人厌倦之意。颔联写闻得故人消息,"迁谷鸟""五陵春"春意盎然,表达诗人听到友人消息后的欣喜之情。"忽"字是情绪的转折点,由最初的厌倦到之后的惊喜。颈联写回舟拜访故人。尾联以袁太祝所居为桃花源,喻友人高雅情趣,同时表现诗人对世外桃源的向往之情。全诗行旅之苦和访友之乐相对比，使苦愈显苦，乐愈显乐，具有很强的表达效果。语言自然质朴，语浅情深。

东陂遇雨率尔贻谢南池①

田家春事起，丁壮就东陂。殷殷②雷声作，森森③雨足垂。海虹晴始见，河柳润初移④。余意在耕稼，因君问土宜⑤。

【注释】

①陂（bēi）：山坡。率尔：轻率、急遽貌。《论语·先进》："子路率尔而对。" ②殷殷（yǐn yǐn）：雷声。《诗经·召南·殷其雷》："殷其雷，在南山之阳。" ③森森：繁密貌。张协《杂诗》之四："翳翳结繁云，森森散雨足。" ④"河柳"句：新移之柳，得雨滋润。 ⑤"因君"句：因，凭。土宜，视土所宜种者。

【评析】

这首诗是春耕遇雨寄友之作。前三联紧扣题中"东陂遇雨"。首联写东陂春耕，体现出一派初春繁忙景象。颔联写雨至，"殷殷""森森"化用前人成句，贴切自然。颈联写雨过天晴，"海虹""河柳"通过色彩描写，表现雨后清丽明亮的景色。至尾联始点出"贻谢南池"。全诗勾勒出一幅欣欣向荣的春耕和雨后景象，表达诗人遇雨后的欣喜之情和对耕稼收成的希望。

行至汝坟寄卢征君①

行乏憩余驾,依然见汝坟。洛川②方罢雪,嵩嶂③有残云。曳曳④半空里,溶溶五色分⑤。聊题一诗兴,因寄卢征君。

【注释】

①汝坟:古汝水上的堤防。《诗经·周南·汝坟》:"遵彼汝坟,伐其条枚。"征君:对征士的敬称,指不就朝廷征聘之人。《后汉书·周黄徐姜申屠列传》:"友人劝其仕,宪亦不拒之,暂到京师而还,竟无所就。年四十八终,天下号曰'征君'。"此处指卢鸿一,隐于嵩山,开元年间,几度被征聘,故称征君。 ②洛川:指洛阳地区。 ③嵩嶂:指嵩山,在河南登封市北。 ④曳曳:连绵不绝貌。 ⑤"溶溶"句:溶溶,云盛貌。五色,即五色云,五种颜色的云彩,古人以为祥瑞。

【评析】

这首诗写诗人行至汝坟,即景抒情,因以寄朋友卢征君。首联扣合题中"行至汝坟",写诗人于旅途之中休憩,远望汝坟。"洛川方罢雪"写积雪初融,"嵩嶂有残云"写嵩山云气。颈联具体写云,"曳曳半空里"描摹云之态,"溶溶五色分"写云之色,透出祥瑞之气,既表现诗人暂憩汝坟时的闲情逸致,又表达了诗人对友人卢征君高风亮节、不流于世俗的赞美。至尾联始点明题中"寄卢征君"意。这首诗语言平淡自然,描写嵩山之云,生动传神,宛然如画。

岁除夜会乐城张少府宅

畴昔通家好①,相知无间然。续明催画烛②,守岁接长筵。旧曲梅花唱③,新正柏酒传④。客行随处乐,不见度年年。

【注释】

①"畴昔"句:畴昔,往日。畴,助词,无实义。通家好,指世代有交情或姻亲。 ②画烛:有画饰的蜡烛。 ③"旧曲"句:张子容《除夕乐城逢孟浩然》诗:"远客襄阳郡,来过海岸家。尊开柏叶酒,灯发九枝花。妙曲逢卢女,高才得孟嘉。东山行乐意,非是竞豪华。"与此印证,此旧曲应指卢氏女所唱梅花古曲。 ④"新正"句:新正,指新年。柏酒,古风俗,以柏叶后凋而耐久,因取其叶浸酒,共饮以祝长寿。南朝梁宗懔《荆楚岁时记》:正月初一日,"长幼悉正衣冠,以次拜贺,进椒、柏酒,饮桃汤"。

【评析】

张少府,即诗人同乡张子容,时张子容谪居乐城,这首诗当作于开元十三年(725)。首联写诗人与张家乃通家之好,相知无间。颔联、颈联写岁除夜守岁情景,"催""接""梅花唱""柏酒传"写出张子容家阖家团圆、其乐融融的热闹场景,表现朋友相见的欢乐场面,反衬出诗人客行的孤寂凄凉。尾联写诗人多在行旅中度过,不觉已是多年。其包含的意义有三:一是对友人的感激之情。二是长年漂泊、时光飞逝之感,多年行旅，似乎已不记年月，未免感慨。三是表达诗人行旅孤凄之感。"客行"是真，"随处乐"是假，只是岁除之夜，欢聚之期，况在友人家中，不宜伤感，故曰"随处乐"，以眼前欢乐之景作对比，更显旅途孤寂凄冷之情。客中除夜，诗人的情绪十分复杂，皆在看似平淡的尾联中体现出来，此是全诗点睛之笔。

自洛之越

遑遑①三十载，书剑两无成②。山水寻吴越，风尘厌洛京③。扁舟泛湖海④，长揖谢公卿⑤。且乐杯中酒⑥，谁论世上名。

【注释】

①遑遑：匆忙貌。《列子·杨朱》："遑遑尔竞一时之虚誉，规死后之余荣。" ②"书剑"句：《史记·项羽本纪》载项羽"学书不成，去，学剑又不成"。 ③"风尘"句：风尘，风起尘扬，天地昏暗，指世俗的扰攘，又喻仕宦。《晋书》卷九十一："处静味道，无风尘之志，高枕柴门，怡然自足，宜使蒲轮纡衡，以旌殊操。"洛京，指洛阳。 ④"扁舟"句：《史记·货殖列传》："范蠡既雪会稽之耻……乃乘扁舟浮于江湖。"喻归隐江湖。 ⑤"长揖"句：长揖，拱手自上而下以为礼。《史记·郦生陆贾列传》："郦生入见，则长揖不拜。"此处指傲岸不拜。谢，辞别。 ⑥"且乐"句：陶渊明《责子》诗："天运苟如此，且进杯中物。"《晋书》卷九十二：张翰云"使我有身后名，不如即时一杯酒"。

【评析】

　　约开元十七年（729），诗人长安落第，后至东都洛阳，滞留半年之久，次年秋，由洛阳至吴越游历。这首诗当作于开元十八年（730），写自洛之越，抒发诗人愤懑慷慨之情。首联写读书三十年，一无所成，不平之语，表达诗人愤懑之情。颔联写厌弃求仕，欲往吴越游赏散心。长安落第之后，诗人求仕之心未歇，至洛阳，仍与一些公卿有来往，后奔波无果，灰心丧气，远蹈吴越以自娱。颈联写辞别公卿，远游江湖，气象宏大，气概非凡。"长揖"表现诗人的傲岸不群，"扁舟"体现诗人潇洒不羁的性情。尾联用陶渊明诗意，化用张翰之语，表达诗人既愤慨又无奈的情绪。这首诗中诗人情绪起伏波折，由一事无成的自叹到欲寻吴越的无奈，再到辞别公卿的决绝、漫游江湖的慷慨，最后到"且乐杯中酒，谁论世上名"的潇洒不羁。情绪的起落跌宕，表现诗人内心复杂的情感和矛盾的心理。全诗风格亦悲亦壮，慷慨激荡，有建安之风。

归至郢中作

远游经海峤①，返棹归山阿②。日夕见乔木，乡关在伐柯③。愁随江路尽，喜入郢门多。左右看桑土④，依然即匪佗⑤。

【注释】

　　①海峤：海边山岭。　②山阿（ē）：山岳。陶渊明《挽歌》："死去何所道，托体同山阿。"　③伐柯：《诗经·豳风·伐柯》："伐柯伐柯，

其则不远。"此处指家乡不远。 ④桑土：宜于种桑的土地。《尚书·禹贡》："桑土既蚕，是降丘宅土。"此处指家乡。 ⑤匪佗：又作"匪他"。《诗经·小雅·頍弁》："岂伊异人，兄弟匪他。"后用为兄弟亲人的代称。曹植《求通亲亲表》："远慕《鹿鸣》君臣之宴，中咏《棠棣》匪他之诚，下思《伐木》友生之义，终怀《蓼莪》罔极之哀。"

【评析】

　　这首诗是诗人归至郢中时所作，表达接近家乡时的亲切欣喜之感。郢，古代楚国的都城，即今之湖北江陵县附近，北面不远即是诗人家乡襄阳。首联写行路，诗人漫游归来，"归山阿"有隐居之意。颔联写家乡在望，表达家乡已近的喜悦。颈联写诗人情绪的变化，一愁一喜，行旅之愁皆因家乡渐近而烟消云散，表现诗人在外漂泊的坎坷哀愁和归乡的急切欣喜之情。尾联写家乡人情之可亲，家乡已近，身边皆为兄弟亲人，感到十分亲切温暖。"乡关在伐柯"一句借用《诗经》"伐柯伐柯，其则不远"意写家乡已近，十分巧妙。"愁随江路尽，喜入郢门多"一联对仗工整巧妙，写诗人情绪由愁到喜的变化，尤为传神，旅途之劳苦忧愁与归乡之轻松喜悦形成鲜明对比，语言浅显，感情深挚。

途中遇晴

　　已失巴陵①雨，犹逢蜀坂②泥。天开斜景③遍，山出晚云低。余湿犹沾草，残流尚入溪。今宵有明月，乡思远凄凄④。

【注释】

①巴陵:今湖南岳阳市。 ②蜀坂:蜀地山坡。坂,山坡,斜坡。 ③景:阳光。 ④凄凄:形容寒冷或悲伤凄凉。

【评析】

这首诗写途中遇雨、雨后天晴的情景,表达诗人思乡之情。"天开斜景遍,山出晚云低"一联写黄昏雨过天晴,阳光斜照,晚云低垂,是天空景象。"余湿犹沾草,残流尚入溪"写草沾雨露,雨水入溪,是地面景象,尤其是"残流尚入溪"句仿佛写出流水入溪之声,斜景、晚云、湿草皆是静景,唯此句流水写动景,以动衬静,更显出雨后天晴的清新静谧。尾联写夜晚乡思,雨后的寒凉、静寂,加明月相照,引起诗人思乡之情。"凄凄"二字双关,既指雨后天气寒凉的外在感觉,又指因思乡而悲伤凄凉的内在感受。全诗意境开阔静谧,情感幽远深沉。

蔡阳①馆

日暮马行疾,城荒人住稀。听歌疑近楚,投馆忽如归。
鲁堰②田畴广,章陵气色微③。明朝拜嘉庆④,须着老莱衣⑤。

【注释】

①蔡阳:地名,今湖北枣阳市西南。 ②鲁堰:疑当为"吕堰",在今襄阳东北七十里。疑"鲁""吕"音近而误。 ③"章陵"句:章陵,

汉光武帝刘秀祖考陵,在今湖北枣阳市东。张衡《南都赋》:"章陵郁以青葱,清庙肃以微微。"微,幽静貌。 ④拜嘉庆:又作"拜家庆"。唐代人称回家省亲为拜家庆。《韵语阳秋》卷一〇:"唐人与亲久别复归,谓之拜家庆。" ⑤老莱衣:相传老莱子着彩衣为儿戏以娱亲,后因以斑衣、彩服、老莱衣等为孝养父母的典故。见《初学记·孝子传》。

【评析】

　　这首诗写投宿蔡阳馆的情景,表达临近家乡时的欣喜之情。首联写日暮之行。"日暮",凄凉之时;"城荒",孤寂之处;"疾",急于投宿;"稀",难觅宿处。表现日暮之时城荒之处,诗人急于投宿的迫切心情,同时也体现诗人因希望早日至家而贪黑行路未及时投宿的惶急心理。颔联写投宿,听当地人所歌怀疑离楚地家乡很近了,投宿后更有归家之感,"疑"写似是而非,"忽"写惊喜之情,一是因为日暮行旅,至此终于安顿下来,二是因为店家一片乡音,使诗人备感亲切。表现诗人平素行旅之苦、思乡之情与家乡日近时的安心欣慰之感。颈联写家乡附近的景物,田畴广大,清庙微微,异常亲切。尾联写明天即可至家,拜会父母,以尽孝心,表现诗人得以奉养父母的欣慰之感,也包含因多年行旅而未尽孝心的遗憾之情。全诗通过夜行、投宿、景象等描写,表现接近家乡时诗人的心理活动,真切自然。

他乡七夕

他乡逢七夕,旅馆亦羁愁。不见穿针妇①,空怀故国②楼。

绪风③初减热，新月始登秋。谁忍窥河汉④，迢迢望斗牛⑤。

【注释】

①穿针妇：七夕节，又名乞巧节，传说牛郎织女于此夕鹊桥相会，民间有妇女穿针乞巧、祈祷福寿等活动。南朝梁宗懔《荆楚岁时记》："七月七日，为牵牛织女聚会之夜。是夕，人家妇女结彩缕，穿七孔针，或以金银鍮石为针，陈瓜果于庭中以乞巧，有喜子网于瓜上则以为符应。"　②故国：犹故乡。　③绪风：余风，微风，秋风。屈原《九章·涉江》："乘鄂渚而反顾兮，欸秋冬之绪风。"　④河汉：即银河，又名银汉。　⑤斗牛：本指二十八宿中的斗宿和牛宿。此处指牵牛星和织女星。

【评析】

这是一首七夕抒怀之作。首联写愁，"他乡"一愁也，"七夕"二愁也，他乡逢七夕，则愁上加愁，故曰"旅馆亦羁愁"。"亦"又作"益"，更加、增加之意。颔联写思，诗人想象家中妇女于楼上穿针乞巧，以度七夕，表现诗人对家人的思念之情和羁旅他乡的孤独寂寞之感。颈联写秋，宋玉《九辩》："悲哉！秋之为气也！"他乡愁，七夕愁，又加秋气愁，更增添了诗人的愁思。故尾联"谁忍"呼之欲出，顺理成章。诗人不忍观牛郎星织女星，怕又增添新的愁绪。全诗语言平淡，情感深挚，意蕴醇厚，正如沈德潜所言："语淡而味终不薄。"

夜泊牛渚趁薛八船不及①

星罗牛渚夕，风退鹢舟②迟。浦溆③常同宿，烟波忽间之④。

榜歌⑤空里失，船火望中疑。明发⑥泛潮海，茫茫何处期⑦。

【注释】

①牛渚：山名，在今安徽当涂县西北，又名采石矶。趁：赶。薛八：诗人之友，孟浩然有《广陵别薛八》诗。　②鹢舟：船。画鹢首于船头，故名。鹢，鸟名。　③浦溆：水滨，水边。　④"烟波"句：烟波，烟雾笼罩的江湖水面。间，隔。　⑤榜（bàng）歌：即棹歌，舟人之歌。榜，船桨。　⑥明发：黎明，平明。《诗经·小雅·小宛》："明发不寐，有怀二人。"　⑦期：相会。

【评析】

开元二十一年（733），诗人漫游吴越之后，沿长江而上归襄阳，途经当涂采石矶时，与友人薛八相随又不意失散，这首诗写诗人赶薛八船不及而夜泊牛渚事。首联点明题中"夜泊牛渚"，"星罗"二字写夜星散布，明写夜泊，暗写趁之不及，表明诗人一直追赶薛八船，至夜不及，方止，停泊牛渚。颔联明写与友相失，暗写夜泊所思。"常""忽"二字表明与友相失始料未及，同时表达对朋友薛八的牵念。颈联明写相失相寻，暗写题中"趁"字，薛八船上的榜歌听之不见，船亦望之不及，"榜歌空里失"写相失，"船火望中疑"写相寻。"疑"字十分传神精妙，远望船火疑是友人之船，近看却不是，在追赶薛八船的过程中，诗人的心理由希望到失望，又燃起希望，又失望，表现诗人追赶时情绪的变化和急迫的心情。尾联明写夜泊所思，暗写明朝相趁，明朝能否相遇，不得而知。全诗看似处处写"夜泊"，实是处处写"趁"字，一明一暗，明暗相承，构思精巧严密。

晓入南山①

瘴气晓氛氲②,南山没水云。鲲飞今始见③,鸟堕旧来闻④。地接长沙近,江从汨渚⑤分。贾生曾吊屈,余亦痛斯文⑥。

【注释】

①南山:《名胜志》:"一名客山,周回十余里,北瞰大江,有石矶高广百尺,名曰南岩,下有箭潭,其深不测。相传马援投矢于潭,故名。" ②"瘴气"句:瘴气,旧指我国南部和西南部地区山林间湿热蒸发致人疾病之气。氛氲,盛貌。 ③"鲲飞"句:《庄子·逍遥游》:"北冥有鱼,其名为鲲。鲲之大,不知其几千里也。化而为鸟,其名为鹏。鹏之背,不知其几千里也。……水击三千里,抟扶摇而上者九万里。……绝云气,负青天,然后图南,且适南冥也。" ④"鸟堕"句:《后汉书·马援列传》载马援岭南之役,军吏经瘴疫而死者十四五。援后曰:"当吾在浪泊、西里间,虏未灭之时,下潦上雾,毒气熏蒸,仰视飞鸢跕跕堕水中,卧念少游平生时语,何可得也!" ⑤泊渚:疑当作"汨渚",屈原沉江之处。《宋书·颜延之列传》:"弭节罗潭,舣舟汨渚,敬祭楚三闾大夫屈君之灵。" ⑥斯文:这篇文章,此处指贾谊《吊屈原赋》。

【评析】

这首诗写南山景色及诗人所感。前四句渲染南山缭绕氛氲的云气,"鲲飞今始见"用《庄子·逍遥游》中关于鲲鹏的典故,突出云气之盛和南山之高。"鸟堕旧来闻"借用马援故事,表明瘴疫之猛和南山之险。后四句由南山的地理环境联想到曾经被流放此地的贾生、屈原,表现诗人对二人才学的景仰和对其坎坷命运的同情,同时也是诗人对自我身世和命运的感叹。全诗化用鲲鹏、马援、贾谊和屈原的典故,含蓄自然,十分精当。

夜渡湘水①

客行贪利涉②,夜里渡湘川。露气闻香杜③,歌声识采莲④。
榜人投岸火⑤,渔子宿潭烟⑥。行旅时相问,浔阳⑦何处边。

【注释】

①湘水:源出广西东北海洋山,至兴安县北,东北流入湖南省境,向北流经长沙入洞庭湖。　②利涉:船的代称。晋代王睿《炙毂子录·序乐府》:"赠人利涉,则述《公无渡河》。"此指路程、行程。　③杜:木名,即杜黎、棠黎。《诗经·小雅·杕杜》:"有杕之杜,有睆其实。"④采莲:曲名。　⑤"榜(bàng)人"句:榜人,舟人。投岸火,向岸边有火光处停泊。　⑥"渔子"句:渔子,渔夫。潭烟,指渔夫在岸边点燃的烟火。　⑦浔阳:湘水边地名,湖南澧县的浔阳铺。

【评析】

这首诗写诗人夜渡湘水时所见、所闻和所感,表现湘水夜景之美和诗人对湘水边风物的喜爱,此诗当创作于开元十五年(727)之前,漫游湘桂的路上。首联点明题目,因贪恋行程而错过投宿,"贪"字表明诗人急赴目的地的迫切心情。颔联主要通过嗅觉和听觉描摹夜晚的湘水。远闻香气,待行船靠近方见是杜蘅,叶子上仿佛还沾有露水;听见采莲歌,走近方见采莲人。颈联通过视觉写夜晚的湘水,夜晚视物不清,见岸火,舟人驶近,方知是渔人宿处的灯火。尾联宕开一笔,又回到行程,"时",意即不断地、不时地。诗中一方面描摹湘水夜晚渔村的安逸恬淡的生活,同时也表现了诗人急于行程的迫切心理,但这种急切心情并没有破坏对渔村生活之美的欣赏。诗中颔联和颈联通过嗅觉、听觉和视觉等不同角度表现湘水夜晚特有的景象,描写逼真,富有生活情趣,是一首优美静雅的行旅诗。

赴命途中逢雪

迢递秦京道①,苍茫②岁暮天。穷阴连晦朔③,积雪满山川。落雁迷沙渚④,饥乌噪⑤野田。客愁空伫立⑥,不见有人烟。

【注释】

①"迢递"句:迢递,遥远貌。嵇康《琴赋》:"指苍梧之迢递,临回江之威夷。"秦京,京城长安,原属秦地,故称。 ②苍茫:苍凉旷远貌。 ③"穷阴"句:穷阴,连续阴天。晦,阴历每月的最后一天。朔,阴历每月的第一天。 ④渚:水中的小块陆地。 ⑤噪:喧闹,鸣叫。 ⑥伫立:长久站立。

【评析】

诗人曾在开元十六年（728）年底赴京，开元十七年（729）春，举进士不第，又在岁暮返乡，这首诗一般认为是此次赴京途中所作，但是另有观点认为此诗作于开元十一年（723）冬诗人应张说的推荐而赴京途中。这首诗表现诗人赴京途中苦闷孤寂的行旅之苦。首联"迢递"二字，写进京之路十分漫长，突出诗人旅程之艰苦。"苍茫"二字既是写阴雨天，又是诗人内心的写照。开篇便奠定了全诗苍凉孤寂的情感基调。颔联写天气连日阴沉，致降大雪。"积雪满山川"句，意境苍凉寥廓，与诗人的情绪十分切合。颈联写雪之大，落雁找不到栖息之地，饥乌寻不到食物，在雪地鸣噪。"迷"字体现诗人内心对前途的迷茫难测，"噪"字表明诗人内心的烦躁不安。"积雪满山川"是雪的全景，"落雁迷沙渚，饥乌噪野田"一联则是雪中特写。尾联写诗人自己，客中游子，雪中伫立，极目远望，茫无人烟，塑造了一个孤立无援、孤寂愁苦、前途茫然的旅人形象。全诗意境寂寥苍壮，情感孤寂茫然，情景交融，以景达情，寓情于景，具有很强的感染力和表现力。

落日望乡[①]

客行愁落日，乡思重相催。况在他山外，天寒夕鸟来。
雪深迷郢路[②]，云暗失阳台[③]。可叹凄遑[④]子，劳歌谁为媒[⑤]。

【注释】

①诗题一作"途次望乡"。　②郢路：襄阳为郢之门户，故郢路即指

回乡之路。屈原《九章·抽思》："惟郢路之辽远兮，魂一夕而九逝。"
③阳台：山名，在今湖北汉川市南，下有阳台渡，因在汉水之阳，山形如台，故名。阳台为楚地，借指诗人家乡。　④凄遑：即"凄惶"，悲伤恐惧。　⑤"劳歌"句：劳歌，忧伤之歌。骆宾王《送吴七游蜀》诗："劳歌徒欲奏，赠别竟无言。"媒，中介，引荐者。屈原《离骚》："苟中情其好修兮，又何必用夫行媒。"

【评析】

　　这是一首思乡之诗，当作于回乡之路，表达诗人怀归愁苦之情。诗人的乡愁层层加深。第一层，"客行"，即行旅之愁。第二层"落日"，行旅途中，值日暮之时，愁苦之情更深。第三层"天寒"，即饥寒之愁。第四层"夕鸟来"，天寒日暮时分，飞鸟尚知归巢，更添诗人思乡之愁。第五层"雪深"，积雪深厚，路途难行，归乡之路亦被积雪覆盖，难以辨识。第六层"云暗"，天气阴沉，天象之愁。第七层"凄遑"，即孤寂悲恐之愁，忧伤之歌无人理解，故自叹"凄遑子"。全诗围绕"愁"字展开，多重愁绪集于一身，不仅抒发诗人思乡之情，而且表达孤寂无援之感。意境空阔寥远，构思精巧，语言如泣如诉，情感真挚深沉。

永嘉上浦馆逢张八子容①

逆旅②相逢处，江村日暮时。众山遥对酒，孤屿③共题诗。
廨宇邻蛟室④，人烟接岛夷⑤。乡关万余里，失路⑥一相悲。

【注释】

①永嘉：唐代属温州治所，今浙江温州市。上浦馆：据《明一统志》载，此馆在温州府城东七十里。张八子容：即张子容，行八，孟浩然同乡好友。初，与孟浩然同隐鹿门山，为死生交，诗篇唱答颇多。后弃官归旧业以终。　②逆旅：旅舍，客店。　③孤屿：江中小山。谢灵运有《登江中孤屿》诗。　④"廨（xiè）宇"句：廨宇，官舍。蛟室，犹龙宫，亦借指大江大海。张子容时为乐城尉，乐城近海，故云。　⑤岛夷：居于海岛的少数民族。《尚书·禹贡》："岛夷卉服。"　⑥失路：失志。扬雄《解嘲》："当涂者入青云，失路者委沟渠。"

【评析】

张子容是诗人的同乡好友，彼此间常有唱和。这首诗作于开元十三年（725），时张子容谪居荒远的乐城，诗人前去拜访，于乐城上浦馆相遇。首联写相遇之时、地，为二人构建了一个相逢的环境。颔联写二人共游江心孤屿的情景，高山流水之间，二人相对饮酒题诗，意趣旷远闲逸。颈联写张子容官舍地处海滨，人烟稀少，且与夷族相近。尾联写为友人贬谪蛮荒之地、远离故土而感到惋惜和感慨。全诗选择景物从大处着笔，逆旅、江村、日暮、众山、孤屿、廨宇、蛟室、岛夷，构设了一个空旷寂寥的荒凉世界，这就是朋友张子容贬谪之所。前三联看似泛泛而言，却是句句含情，引而不发。至尾联，情感方喷薄而出，构思十分巧妙。全诗意境旷远空阔，构思巧妙，情感深沉，具有苍凉悲怆之风。

送张子容赴举

夕曛山照灭①，送客出柴门②。惆怅野中别，殷勤③醉后言。

茂林余偃息④，乔木尔飞翻⑤。无使谷风诮⑥，须令友道存。

【注释】

①"夕曛"句：夕曛，落日余晖。山照，山间夕照。南朝齐王融《栖玄寺听讲毕游丘园七韵》："日汩山照红，松映水华碧。" ②柴门：代指贫寒之家。《晋书》卷九十一："若仲宁之清贞守道，抗志柴门；行齐之居室屡空，栖心陋巷……斯并通儒之高尚者也。" ③殷勤：恳切叮嘱。 ④"茂林"句：潘岳《秋兴赋》："偃息不过茅屋茂林之下。"偃息，安卧。 ⑤"乔木"句：《诗经·小雅·伐木》："伐木丁丁，鸟鸣嘤嘤。出自幽谷，迁于乔木。"后用迁乔喻仕进，唐人多用以指进士及第。 ⑥"无使"句：《诗经·小雅·谷风》："将安将乐，女转弃予。"《毛诗序》云："《谷风》，刺幽王也。天下俗薄，朋友道绝焉。"诮，讥刺。

【评析】

据《全唐诗》卷一百五张子容小传，张子容于睿宗景云三年（712）擢进士第，则此诗当作于景云三年之前。张子容与诗人是同乡好友，早年同隐襄阳鹿门山，多有唱和，后张子容进士及第，出外为官。这首诗写诗人送张子容赴进士举。首联写日暮时分送友赴京，"出柴门"一方面点明二人的隐居生活状况，另一方面祝愿朋友能够一举得中，改换门庭。颔联写惜别，"惆怅"体现送别时的情绪，"殷勤"则是送别之语。颈联和尾联当是诗人临别所嘱：自己属意山林，祝愿朋友仕途得意，希望友情不会因为地位的变化而断绝。这首诗的特别之处在于，主要通过诗人的殷切嘱托表达依依惜别之情和对二人友谊的珍视，角度新颖，语言朴质，情感深挚。

送张参明经举兼向泾州省觐①

十五彩衣②年,承欢慈母前。孝廉③因岁贡,怀橘④向秦川。四座推文举⑤,中郎许仲宣⑥。泛舟江上别,谁不仰神仙⑦。

【注释】

①张参:父张胐,开元中为泾州别驾,襄阳人。明经举:参加明经科考试。泾州:治所在今甘肃泾川县北。省觐:拜望父母。　②彩衣:同"采衣"。《仪礼·士冠礼》:"将冠者采衣。"采衣,未冠者所服。　③孝廉:唐时,每年州举秀才、孝廉送尚书省参加考试,称岁贡。孝廉,应明经试者之称。　④怀橘:《三国志·吴书》载,汉末,陆绩六岁,于九江见袁术,绩在座私取橘三枚于怀。及拜辞,橘堕地,术问故,绩答谓欲归遗其母。后诗文中常以怀橘为爱亲、孝亲的典故。　⑤"四座"句:文举,即孔融,字文举。《后汉书·郑孔荀列传》载,孔融少时拜访李膺,言是李膺通家子弟,膺问之,答曰:"先君孔子与君先人李老君同德比义,而相师友,则融与君累世通家。"四座莫不赞叹。　⑥"中郎"句:中郎,即蔡邕,曾任左中郎将。仲宣,即王粲,字仲宣。《三国志·魏书·王卫二刘傅传》:"献帝西迁,粲徙长安,左中郎将蔡邕见而奇之。时邕才学显著,贵重朝廷,常车骑填巷,宾客盈坐。闻粲在门,倒屣迎之。粲至,年既幼弱,容状短小,一座皆惊。邕曰:'此王公孙也,有异才,吾不如也。吾家书籍文章,尽当与之。'"　⑦神仙:形容人的神采清朗洒脱、气概不凡。《后汉书·党锢列传》:"林宗唯与李膺同舟而济,众宾望之,以为神仙焉。"

【评析】

　　这是一首送别诗，被送别之人是年仅十五岁的少年张参，张参赴京参加明经考试，然后去泾州看望父亲张朏，诗人写诗相送。首联点明张参尚未成年，正是承欢膝下的年龄。颔联写张参由地方推举赴京参加明经考试，同时去泾州拜望父亲。颈联写张参少年英才，以孔融和王粲代指张参，孔融见李膺，王粲遇蔡邕，皆是年少之时，贴合张参的年龄，称赞张参像孔融和王粲二人一样虽年幼但文采满腹，令人敬仰。尾联暗用郭太（字林宗）典故，夸赞张参的风姿。诗中采用多个典故，如陆绩、孔融、王粲、郭太，赞美张参的才学、孝心以及风度，一个才华横溢、孝亲以敬、风度翩翩的少年形象跃然纸上，生动传神。

溯江①至武昌

家本洞湖上②，岁时③归思催。客心徒欲速，江路苦邅回④。残冻⑤因风解，新梅变腊开。行看武昌柳⑥，仿佛⑦映楼台。

【注释】

　　①溯江：逆江而上。　②"家本"句：洞庭湖位于湖南北部的岳阳，诗人家乡襄阳位于湖北北部，在洞庭湖的北方，相距较远，故"洞庭上"当指洞庭湖北。　③岁时：一年中的季节。《礼记·哀公问》："岁时以敬祭祀，以序宗族。"此处指初春。　④邅（zhān）回：徘徊，周旋不进。《淮南子·原道训》："邅回川谷之间，而滔腾大荒之野。"　⑤残冻：指

未化尽的冰雪。　⑥"行看"句：行看，且看。武昌柳，《晋书》卷六十六："（陶侃）尝课诸营种柳，都尉夏施盗官柳植之于己门。侃后见，驻车问曰：'此是武昌西门前柳，何因盗来此种？'施惶怖谢罪。"后泛称杨柳为武昌柳。　⑦仿佛：隐隐约约，形容看得不真切的样子。陶渊明《桃花源记》："林尽水源，便得一山。山有小口，仿佛若有光。"

【评析】

　　这是一首行旅思归之作。前二联写思归。"催"写诗人身在武昌，心向洞庭，归心似箭。"苦"写江路漫长曲折，表达诗人不能及时回乡的苦闷。因为诗人"欲速"，急于回乡，故觉江路"邅回"。因为江路邅回，故曰"徒"。"徒"，即空自，徒劳地，心有余而力不足。后二联写初春景色。和风吹拂，残冻初解，新梅始开。诗中借用陶侃典故，以"武昌柳"指代杨柳，扣合题中"武昌"二字，同时暗指家门渐近。本诗前二联直抒胸臆，表现诗人思念家乡、归心似箭之意。后二联借景抒情，表达家乡渐近的欣慰之感。

送吴宣从事①

才有幕中画②，而无塞上勋。汉兵将灭虏，王粲始从军③。
旌旆边亭去，山川地脉④分。平生一匕首，感激赠夫君⑤。

【注释】

　　①《全唐诗》校"一作送苏六从军"，宋本作"送王宣从军"。

②画：谋划。《史记·淮阴侯列传》："言不听，画不用，故倍楚而归汉。"　③"王粲"句：王粲先依刘表，未受重用。后依曹操，尝随军出征，作《从军行》五首。　④地脉：指地的脉络，地势。《史记·蒙恬列传》："起临洮，属之辽东，城堑万余里，此其中不能无绝地脉哉，此乃恬之罪也。"　⑤"感激"句：感激，感动奋发。夫君，对男子的敬称。屈原《云中君》："思夫君兮太息，极劳心兮忡忡。"唐宋称友为夫君。

【评析】

　　这是一首送友从军诗。首联写友人具有文才武略，只是未有边功，是一憾事。颔联写友人终有施展才能的机会，以王粲喻友人，表现诗人对友人才能的赞赏，也表明友人如当年的王粲一样，终于有了建功立业的机会，实属不易。颈联写送别，奔赴边关，远隔山川，表达惜别之意。尾联写以匕首相赠，抒发诗人对友人的激励和赞赏之情。全诗语言平实，风格雄壮，有建安之风。

早春润州①送弟还乡

兄弟游吴国，庭闱恋楚关②。已多新岁感，更饯白眉③还。
归泛西江水，离筵北固山④。乡园欲有赠，梅柳著先攀⑤。

【注释】

　　①润州：古地名，今江苏镇江。　②"庭闱"句：庭闱，亲之所居，后借指父母。晋束皙《补亡诗·南陔》："眷恋庭闱，心不遑安。"楚关，

楚国关塞，泛指楚境。　③白眉：《三国志·蜀书·董刘马陈董吕传》记载，三国蜀汉马良，字季常，兄弟五人皆用"常"为字，并有才名。马良眉有白毛，才学尤为出众，乡里谚曰："马氏五常，白眉最良。"后世称兄弟行中才俊特出者曰白眉。　④北固山：位于镇江，远眺北固，横枕大江，山势险固，故名。　⑤"梅柳"句：《三辅黄图·桥》："霸桥在长安东，跨水作桥，汉人送客至此桥，折柳赠别。"后因以折柳为送别之词。晋代陆凯《赠范晔》："折花逢驿使，寄与陇头人。江南无所有，聊赠一枝春。"南朝乐府《西洲曲》："忆梅下西洲，折梅寄江北。"后以折梅作为赠送之意。

【评析】

　　这是一首送别诗，诗人于润州送弟还乡。首联写兄弟二人身游吴地，心系乡关，为下文送别还乡埋下伏笔。颔联写新岁伊始，感慨流阴，怀乡念远，又加饯别，依依不舍，更添惆怅。具体写上联"恋"字。以白眉马良代指兄弟，表达诗人对弟弟的欣赏和激励之意。颈联正常句序应是"离筵北固山，归泛西江水"，因押韵而颠倒。于北固山摆筵送别，后舟行西江，具体写上联"饯"字。尾联赠梅柳以表惜别怀乡之意，具体写上联"离"字，因离别，故想到赠送。全诗情感深挚，既表达了对弟弟的依依惜别之情，又抒发了诗人对乡园的思念。在结构上环环相扣，紧密细致，浑然一体，具有很高的艺术性。

送告八①从军

男儿一片气，何必五车书②。好勇方过我③，才多便起予④。

运筹将入幕⑤，养拙就闲居⑥。正待功名遂，从君继两疏⑦。

【注释】

①告八：告姓，行八，故名。诗人好友。 ②五车书：言书之多。《庄子·天下》："惠施多方，其书五车。"后以五车书称人的博学。 ③"好勇"句：《论语·公冶长》："子曰：'由也好勇过我。'" ④"才多"句：《论语·八佾》："子曰：'起予者，商也，始可与言《诗》已矣。'"后用为启发自己之意。 ⑤"运筹"句：筹，计谋、谋划。运筹，指拟定作战策略，引申为筹划、指挥。入幕，幕制名，幕宾被主官延聘入官衙或营辕，以其知识与经验佐助主官，称为入幕。《史记·高祖本纪》："夫运筹帷幄之中，决胜千里之外，吾不如子房。" ⑥"养拙"句：潘岳《闲居赋》："仰众妙而绝思，终优游而养拙。"养拙，犹守拙，指隐退不仕。

⑦两疏：汉疏广与其侄疏受的合称。《汉书·隽疏于薛平彭传》记载，疏广为太傅，疏受为少傅，因年老同时主动辞官，受到人们称赞。

【评析】

这是一首送友人从军诗。首联盛赞告八意气纵横。《孟子·公孙丑上》云："志壹则动气。"男儿壮志凌云，胜过学富五车。颔联化用《论语》成句，表明告八勇气过人、才思敏捷的特点。颈联写告八平素闲居守拙，而今终可大展宏图。尾联祝愿告八功成名就，然后，继疏广、疏受之后弃官隐居。诗中借用历史典故或化用前人成句，无一句无来处，贴切自然，不着痕迹，显示诗人深厚的文学素养。全诗气势恢宏，并无一般送别诗的儿女情长，具有侠义慷慨之风，体现诗人壮逸豪放之气。

洛下送奚三还扬州①

水国无边际，舟行共使风。羡君从此去，朝夕②见乡中。
余亦离家久，南归恨不同。音书若有问，江上会相逢。

【注释】

①洛下：即洛阳。南朝梁刘令娴《祭夫徐悱文》："调逸许中，声高洛下。"扬州：今江苏扬州市。 ②朝夕：早晚，言其速也。

【评析】

这是一首送别诗，诗人在洛阳送奚三回扬州。首联写回扬州之路水波浩渺，需借顺风方能行舟。颔联写奚三今日别洛，很快就会到家，诗人流露出羡慕之情和些许伤感。颈联承接"羡"字，表达诗人思乡之情。自己离家既久，恨不得与奚三同归，重写上联"羡"字。尾联写奚三若有书信来时，那时自己或许也已回乡，二人可能会在江上相逢。全诗语言平淡如家常语，毫不修饰，情感深挚，表达诗人送别友人时惆怅、思乡的情绪，隐隐透露出现实生活的烦闷无聊之情。孟诗少有消沉至极之作，此诗前三联表现低落的情绪，至末联忽扬起，表达诗人回归故乡与友人后会有期的希望，这与诗人冲淡壮逸的性情密切相关。

永嘉①别张子容

旧国余归楚②，新年子北征。挂帆愁海路，分手恋朋情。

日夜故园意，汀洲春草生③。何时一杯酒，重与李膺④倾。

【注释】

①永嘉：唐代属温州治所，今浙江温州市。诗人有《永嘉上浦馆逢张八子容》诗。　②"旧国"句：旧国，故乡。襄阳旧属楚地。　③"日夜"二句：柳恽《江南曲》："汀洲采白蘋，日落江南春。……故人何不返，春华复应晚。"汀洲，水中小洲。　④李膺：字元礼，东汉著名学者，政治家，甚有名望，时人以被其接待为荣，称为"登龙门"。与郭太友善。《后汉书》有传。

【评析】

张子容是诗人的同乡好友，彼此间常有唱和。时张子容谪居荒远的乐城，诗人前去拜访，于乐城上浦馆相遇，诗人有《永嘉上浦馆逢张八子容》诗。并在张子容任所过除夕，有诗《除夜乐城张少府宅》《岁除夜会乐城张少府宅》可以为证。年初诗人卧病，写有《初年乐城馆中卧疾怀归》。病愈后诗人辞别张子容，此诗当作于《初年乐城馆中卧疾怀归》之后。首联写年初之时诗人欲回故乡，友人北上，点明题中"别"字。颔联抒发诗人的情绪，一"愁"一"恋"，"愁"的是海路漫长，"恋"的是朋友情深。颈联化用柳恽的《江南曲》，表达诗人对家乡的日夜悬想和时光荏苒、在外日久的惆怅之情。尾联表达对再次相会的期望。全诗抒发诗人怀乡之情、惜别之意，语言平易浅显，情感深挚自然。

都下送辛大之鄂①

南国辛居士②，言归旧竹林。未逢调鼎③用，徒有济川④心。

余亦忘机⑤者，田园在汉阴。因君故乡去，遥寄式微⑥吟。

【注释】

①都下：指都城长安。鄂：指鄂州，今武汉市武昌。 ②居士：指有德才而未仕的隐士。 ③调鼎：《尚书·说命》："若作和羹，尔惟盐梅。"意谓武丁立傅说为相，欲其治理国家，如调鼎中之味，使之协调。后因以调鼎为宰相职责之喻称。此处指出仕。 ④济川：犹渡河。语出《尚书·说命》："爰立作相，王置诸其左右。命之曰：'朝夕纳诲，以辅台德。若金，用汝作砺；若济巨川，用汝作舟楫。'"后多以济川比喻辅佐帝王。 ⑤忘机：道家语，意谓消除计较和巧诈之心，常用以指自甘恬淡，与世无争。语出《列子·黄帝》。 ⑥式微：天将暮的意思，后指事物由盛而衰。此处指归隐之意。《诗经·邶风·式微》："式微，式微，胡不归。"式，发语词。微，衰落。

【评析】

这是一首送别诗，写诗人于长安送友人辛大回鄂州。前二联明写辛大，暗写诗人自己。首联破题，辛大本是一居士，隐居竹林，此次又归"旧竹林"，表明辛大可能遭遇挫折，故决意隐居。颔联明写辛大之遇挫，点明回鄂之缘由，空怀凌云壮志，却无有用武之地，故无奈归隐。这首诗当作于诗人科举落第之后，诗人滞留长安期间，诗人与辛大同命相怜。前二联既是写辛大，同时也抒发诗人落第后牢骚郁闷的情绪。后二联明写诗人，暗写辛大。"余亦忘机者"一句由写辛大过渡到诗人自己，诗人亦是甘于恬淡的忘机之人，也有隐居之旧所。尾联表达劝隐之意，既是劝辛大，又是诗人自劝。后二联既流露出诗人自甘淡泊、远离世俗的归隐之情，又点明题中送别之意。全诗明暗相承，虚实相间，风格慷慨壮逸。

京还留别新丰①诸友

吾道昧所适②,驱车还向东。主人开旧馆,留客醉新丰。树绕温泉③绿,尘遮晚日红。拂衣④从此去,高步蹑华嵩⑤。

【注释】

①新丰:在今陕西西安临潼区西北,出产美酒。王维《少年行》:"新丰美酒斗十千。" ②"吾道"句:《论语·公冶长》:"子曰:'道不行,乘桴浮于海。'" ③温泉:宫名,在今陕西西安临潼区南。 ④拂衣:振衣而去,表示归隐。谢灵运《述祖德》诗:"高揖七州外,拂衣五湖里。" ⑤"高步"句:高步,大步,阔步。左思《咏史》之五:"被褐出阊阖,高步追许由。"蹑,登上。华嵩,沈约《游沈道士馆》:"一举陵倒景,无事适华嵩。"指隐者或仙人居处。

【评析】

这首诗当是诗人求仕失利后,离别长安时所作。《论语·公冶长》:"子曰:'道不行,乘桴浮于海。'"首联借用其意,同时点明题中"京还",表现了诗人的潇洒和无奈。颔联点明题中"新丰诸友"。颈联描写长安景色,艳丽浮华,面对此景,诗人百感交集。既有留恋京师之意,又含不平之气、无奈之情。"尘遮晚日红"句承上联而来,写诗人与友人新丰痛饮,直至红日西垂。尾联写诗人下定决心远离浮华尘世,长隐山林。诗中塑造了一个仕途失意、高风亮节、潇洒自适的文人形象,风格慷慨旷达,有魏晋之风。

李氏园卧疾

我爱陶家①趣,林园无俗情。春雷百卉坼②,寒食四邻清③。伏枕嗟公干④,归田羡子平⑤。年年白社⑥客,空滞洛阳城。

【注释】

①陶家:陶渊明家,此处借指李氏园。 ②"春雷"句:《周易·解》:"雷雨作而百果草木皆甲坼。"百卉,百花。坼,裂开,盛开。 ③"寒食"句:寒食,节令名,清明前一或二日,谓之寒食,旧俗禁火三日。 ④"伏枕"句:伏枕,卧病在床。公干,即刘桢,字公干,建安七子之一。其《赠五官中郎将诗四首》其二云:"余婴沉痼疾,窜身清漳滨。"此处借用刘桢诗意。 ⑤"归田"句:子平,即张衡,字子平,著有《归田赋》。 ⑥白社:地名,一曰在今河南偃师市内。《抱朴子·杂应》:"洛阳有道士董威辇常止白社中,了不食,陈子叙共守事之,从学道。"一曰在今湖北荆门市内。后人称隐士所居为白社。

【评析】

这首诗作于游历洛阳时期,时诗人卧疾于友人园中。首联写李氏园林,清雅之所,以陶渊明喻李氏,表明李氏有隐者之风,与诗人志趣相投。颔联写时令,正当初春时节,春雷阵阵,百花齐放。旧俗寒食日起禁火三日,故觉"四邻清"。"清"既是指灶火之冷清,亦指诗人内心之凄清。后二联写病中所感。"伏枕"即卧病在床,诗人想到刘桢"余婴沉痼疾"诗,嗟叹自己羁旅卧疾。诗人留滞洛阳,谋求仕途,最终一无所获,"归田羡子平"句借用张衡《归田赋》之意,表达诗人归隐之思。尾联感慨遥深,留滞洛阳数年,无所建树,与归隐之志背道而驰,"年年"表明对洛阳生活的厌烦,"空"写心灰意冷,表达诗人洛阳求仕失利之后失落郁闷的情绪。全诗语言平易,巧用典实,意蕴深厚。

过①故人庄

故人具鸡黍②,邀我至田家。绿树村边合③,青山郭外④斜。开筵面场圃⑤,把酒话桑麻⑥。待到重阳日,还来就菊花⑦。

【注释】

①过:拜访,探望。 ②"故人"句:具,备办,准备。鸡黍,鸡和黄米,泛指农家待客的饭菜。语出《论语·微子》:"止子路宿,杀鸡为黍而食之。"范云《赠张徐州谡》:"恨不具鸡黍,得与故人挥。" ③合:环绕。 ④郭外:即庄外。 ⑤场圃:《诗经·豳风·七月》:"九月筑场圃。"场,打谷者曰场。圃,种菜者曰圃。 ⑥"把酒"句:把酒,把盏饮酒。桑麻,泛指农事。陶渊明《归园田居》其二:"相见无杂言,但道桑麻长。" ⑦就菊花:即赏菊。古人于重阳日有登高、赏菊、饮菊花酒等习俗。就,接近。

【评析】

这是一首田园诗,当作于诗人隐居襄阳之时,诗歌记叙了乡村访友的情景,描写田园优美的风光,赞美故人的热情款待,表达诗人欢快的情绪。首联写应邀赴约,老朋友备办饭菜,邀请诗人做客,"具""邀"二字体现故人的热情。平平叙述,如家常语。颔联描写村庄风光,绿树环绕,青山相临,突出村庄生机勃勃而又幽雅宁静的特点。颈联写与友人把酒对饮,闲谈农事,十分惬意。颔联写静态,颈联写动态。尾联写相约再来,关合全诗,流露出诗人内心的率真、对村庄生活的喜爱和与友人之间的深厚朴实的情谊。全诗以浅显的语言描写了质朴的故人、醇厚的友情、清新的村景和高洁的雅趣,其质朴的风格与描写的对象和谐统一,具有浑然天成的艺术美,富有诗情画意和高雅情趣。诗为五律,对仗工整,却不着锤炼痕迹,质朴自然,风格淡远。

途中九日怀襄阳①

去国②已如昨,倏然经杪秋③。岘山④不可见,风景令人愁。谁采篱下菊⑤,应闲池上楼⑥。宜城多美酒⑦,归与葛强⑧游。

【注释】

①九日:即农历九月初九日,重阳节。襄阳:孟浩然家乡。 ②去国:离开故乡襄阳。 ③"倏然"句:倏然,指时间短暂、疾速。杪(miǎo)秋,暮秋,农历九月。《九辩》:"靓杪秋之遥夜兮,心缭悷而有哀。" ④岘山:位于襄阳城西南,东临汉江。岘山原名显山,唐中宗李显后,为避皇帝讳,显山改为岘山。 ⑤"谁采"句:陶渊明《饮酒》诗:"采菊东篱下,悠然见南山。"旧俗重阳日饮菊花酒。 ⑥"应闲"句:谢灵运有《登池上楼》诗,重阳有登高习俗。 ⑦"宜城"句:宜

城，今湖北宜城市南。曹植《酒赋》："其味有宜成醪醴，苍梧缥清。"宜成，即宜城，盛产美酒。　⑧葛强：晋代襄阳太守山简的侍从，常与山简游宴酣饮。

【评析】

　　这首诗写诗人离别故乡，于途中重阳节思乡。首联写离乡仿佛还是昨天之事，不觉间已到深秋。"如昨"二字表明诗人对家乡记忆犹新，时间流逝之疾速，表达对家乡的不舍之情。颔联写途中之景，抒发途中情绪。诗人并未具体描摹景物，而是直抒胸臆。回望岘山不及，异乡风景更添愁绪。颈联写适逢重阳，远在异乡，不知家乡何人采菊东篱，泡制菊花酒，池上楼也许无人欢宴，亦显冷清。此是家乡在诗人心中的投影，表明心中的家乡之亲近温暖，从反面体现诗人心中的异乡之冷漠寂寥。末联想象与友人游宴畅饮，以解忧愁，以度重阳。全诗不见工巧，自是妙趣天成，浑然一体，无巧而巧。

初出关旅亭夜坐怀王大校书①

向夕槐烟起②，葱笼池馆曛③。客中无偶坐④，关外惜离群。
烛至萤光灭，荷枯雨滴闻。永怀蓬阁友⑤，寂寞滞扬云⑥。

【注释】

　　①关：当指潼关。旅亭：驿亭。王大校书：即王昌龄，行大，开元十五年（727）进士及第，初任秘书省校书郎。　②"向夕"句：向，接

近。向夕，傍晚。槐烟，槐林为暮霭笼罩，故称。　③"葱笼"句：葱笼，又作"葱茏"，青翠茂盛貌。曛，落日的余光。谢灵运《晚出西射堂》诗："晓霜枫叶丹，夕曛岚气阴。"　④偶坐：相对而坐。　⑤"永怀"句：永，长久。蓬阁，指蓬莱阁，代指东汉洛阳皇家藏书和著书处东观。《后汉书·窦融列传》："是时学者称东观为老氏藏室，道家蓬莱山。"李贤注："言东观经籍多也。蓬莱，海中仙山，为仙府，幽经秘录并皆在焉。"唐人多以蓬莱指称秘书省或秘书监，时王昌龄任秘书省校书郎，故称。　⑥"寂寞"句：寂寞，冷清孤寂，清静恬淡。扬雄《解嘲》："惟寂惟寞，守德之宅。"扬云，即扬雄，字子云。

【评析】

　　诗人离开京师长安后，经潼关、洛阳等地归乡，此诗作于出潼关之时。首联描写傍晚景象，暮霭笼罩槐林，池馆掩映于青翠茂盛的树林之中。颔联写诗人独处于槐烟葱茏的旅亭中，似离群孤雁。颈联写漫漫长夜，蜡烛燃尽如萤火之光，直至最后熄灭。窗外传来雨滴枯荷之声，诗人依然长夜独坐，突出夜之寂静漫长，表达诗人百无聊赖、寂寞孤独之感。尾联点明题中"王大校书"，因寂寞而思友，因思友而更添寂寞。"寂寞"双关意，一是指旅舍独坐之冷清孤寂，二是指清静恬淡，化用扬雄《解嘲》"惟寂惟寞，守德之宅"成句，表达诗人人生寂寞的惆怅之感和以德自守的慰藉。诗中以长夜之景烘托诗人之寂寞，意境清寂萧索，化用典故和成句贴切自然，浑然天成。

题张野人①园庐

与君园庐并，微尚②颇亦同。耕钓方自逸③，壶觞趣不空④。

门无俗士驾⑤,人有上皇风⑥。何必先贤传⑦,唯称庞德公⑧。

【注释】

①野人:没有爵禄的平民,此处指隐士。 ②微尚:微,谦词。尚,爱好,志趣。谢灵运《还旧园作见颜范二中书》:"圣灵昔回眷,微尚不及宣。" ③"耕钓"句:耕钓,耕地钓鱼,泛指隐居生活。逸,闲逸,舒适。 ④"壶觞"句:壶觞,酒器。陶渊明《归去来兮辞》:"引壶觞以自酌,眄庭柯以怡颜。"不空,《后汉书·郑孔荀列传》:"座上客常满,杯中酒不空。吾无忧矣。" ⑤俗士驾:孔稚珪《北山移文》:"请回俗士驾,为君谢逋客。"俗士,世俗之徒。驾,车驾。 ⑥上皇风:指上古时代淳朴之风。上皇,上古的帝王。郑玄《诗谱·序》:"诗之兴也,谅不于上皇之世。"疏:"上皇,谓伏羲,三皇之最先者。" ⑦先贤传:指记载古代贤士事迹的传记。 ⑧庞德公:汉末隐士,居襄阳岘山之南,未尝入城府。荆州刺史刘表数延请,皆不就。后携其妻子登鹿门山采药不返。事见《后汉书·逸民列传》。

【评析】

这是一首题壁诗,诗中塑造了一个高雅不群的隐士形象。首联写诗人与张野人比邻而居、志同道合、志趣相投。颔联表现隐者耕钓闲适、饮酒自足的生活。颈联写往来之人皆是高雅朴质之人,也表明张野人的志趣品格。尾联意即何必去先贤传中寻找,眼前的张野人就是庞德公一样的隐士。全诗塑造了一位超尘脱俗的隐居者形象,表达诗人对张野人的仰慕赞赏之情,同时也从侧面体现了诗人高雅的志趣。这首诗语言朴质平实,风格潇洒闲雅。

过故融公兰若①

池上青莲宇②,林间白马泉。故人成异物③,过客独潸然④。既礼新松塔⑤,还寻旧石筵⑥。平生竹如意⑦,犹挂草堂前。

【注释】

①诗题又作"过潜上人旧房悼正弘禅师""过景空寺故融公兰若"。兰若（rě）：指寺院，梵语"阿兰若"的省称，意为寂静、无苦恼烦乱之处。 ②青莲宇：佛寺之异称。 ③异物：死亡的人。贾谊《鵩鸟赋》："化为异物兮，又何足患。" ④潸然：流泪貌。 ⑤塔：佛教建筑形式，为供奉佛骨、佛像、佛经及保存僧人遗体之用。 ⑥石筵：石制的几筵，用以安放灵座。 ⑦竹如意：竹制器物，佛家宣讲佛经时持如意，记经文于上，以备遗忘。见《释氏要览·道具》。

【评析】

这是一首悼亡之作,诗题又作"过潜上人旧房悼正弘禅师""过景空寺故融公兰若",悼念一位去世的佛教朋友。首联写佛寺之景,景色依旧,而人却不存,诗人有人去楼空、物是人非之叹。颔联由写物转而写人,故人已逝,生者徒自悲伤。颈联又转而写物,"新松塔"为故人去后所建,"旧石筵"为故人生前所存,看似写物,实是写人。尾联继续借物怀人,故人平生所用竹如意,尚自挂在堂前,而斯人已逝。这首诗的特点是:通过描写旧物来表达诗人对故去友人的悼念,寄托哀思之情。诗中直接抒发诗人情感的仅有"过客独潸然"句,将情感寓于旧物的描写中,真挚深沉,令人感慨。

早寒江上有怀

木落雁南度,北风江上寒①。我家湘水曲②,遥隔楚云端③。乡泪客中尽,归帆天际④看。迷津欲有问⑤,平海夕漫漫⑥。

【注释】

① "木落"二句:鲍照《登黄鹤矶》:"木落江渡寒,雁还风送秋。"木落,树木的叶子落下。度,飞。 ②湘水曲:湘水,一作"襄水"。曲,江水曲折转弯处。 ③楚云端:诗人家居襄阳,古楚地,故云。端,尽头。 ④天际:天边。 ⑤"迷津"句:津,渡口。迷津,迷失道路。《论语·微子》:"长沮桀溺耦而耕,孔子过之,使子路问津焉。"此化用其意,意谓自己是穷困潦倒的失路之人。 ⑥"平海"句:平海,水面开阔,连成一片。漫漫,水面广大貌。

【评析】

诗人于开元十五年(727)漫游长江下游,这首诗当作于这一期间。首联破题,点明题中"早寒江上"。"木落雁南度"句写所见,"北风江上寒"句写感觉。北风呼啸,北雁南飞,江边客子,构成了一个高远广漠、清冷孤凄的意境。"寒"不仅是环境之寒,更是诗人心境之寒。雁尚知南飞,而诗人却独留异乡,很自然过渡到颔联思乡。"我家湘水曲"句,朴质自然，不加修饰，表达诗人淳朴真挚的思乡之情。只是家乡"遥隔楚云端"，远隔千里，不可能即刻回乡，归乡成了诗人的奢望，于是过渡到颈联，诗人唯有暗自垂泪，远望归帆，以慰思乡之情。"尽"字，将诗人行旅之苦、思乡之情表现得淋漓尽致。"看"字，以动作写心理，表达诗人归乡之急切心情。尾联"迷津"化用孔子典故，既是指归乡之路的迷失，也是指人生道路的迷茫。全诗意境高远凄清，章法井然有序，流转自然，语言平易，语淡情浓。

南山与老圃期^①种瓜

樵木南山近，林间北郭赊^②。先人留素业^③，老圃作邻家。
不种千株橘^④，惟资五色瓜^⑤。邵平能就我，开径剪蓬麻。

【注释】

①期：相约。《诗经·鄘风·桑中》："期我乎桑中，要我乎上宫，送我乎淇之上矣。" ②"林间"句：林间，村庄的里门，也指郊区的住宅。赊，远。 ③素业：清素之业。颜之推《颜氏家训》："有志尚者，遂能磨砺，以就素业。" ④千株橘：《三国志·吴书·三嗣主纪》载李衡称太史公言："江陵千树橘，当封君家。"衡种橘千株，岁得绢数千匹，家道殷足。 ⑤五色瓜：即东陵瓜。《艺文类聚》卷八十七载《史记》曰：邵平，故秦东陵侯，秦灭后，为布衣，种瓜长安城东。种瓜有五色，甚美，故世谓之东陵瓜，又云青门瓜，青门，东陵也。此处是对瓜的美称。

【评析】

这首诗写诗人与乡中老圃相约种瓜事。首联写诗人所居远离尘嚣,近于南山,是清静幽雅之所。颔联写以清素为业、以老圃为邻的平静恬淡的生活。颈联用李衡与邵平的典故,不以种橘而求封官取富,但得种瓜以自食。尾联以邵平喻老圃,表达诗人耕种田园的闲情逸致。全诗风格清新明快,清雅闲适,是一首温馨恬淡的田园诗。

裴司士见访

府寮①能枉驾,家酝②复新开。落日池上酌,清风松下来。厨人具鸡黍③,稚子摘杨梅。谁道山公醉④,犹能骑马回。

【注释】

①府寮:又作"府僚",此处指裴司士。 ②家酝:自家酿制的酒。酝,酿酒,亦指酒。 ③鸡黍:鸡和黄米,泛指待客的饭菜。语出《论语·微子》:"止子路宿,杀鸡为黍而食之。"范云《赠张徐州谡》:"恨不具鸡黍,得与故人挥。" ④山公醉:晋山涛,时人称为山公。山涛子山简,镇守襄阳,常游高阳池,饮酒辄醉。时人有诗云:"山公时一醉,径造高阳池。"见《世说新语·任诞》。

【评析】

这首诗写友人来访,主客畅饮。首句点题,"家酝复新开"句写诗人将自家酿制的美酒打开,招待友人,池上松下,夕阳西斜,清风徐来,主客对酌,表现诗人对于友人来访的欣喜之情。"具鸡黍""摘杨梅"体现诗人待客之盛情。末联以山公喻裴司士,表现其豪爽不羁的性情。全诗意境明丽清雅,情感欢畅热烈,充满田园风情。

伤岘山云表上人[①]

少小学书剑,秦吴多岁年。归来一登眺,陵谷尚依然[②]。
岂意餐霞客[③],忽随朝露[④]先。因之问闾里[⑤],把臂[⑥]几人全。

【注释】

①上人:佛教称具备德智善行的人,后来作为对僧人的敬称。 ②"陵谷"句:陵谷,高者为陵,低者为谷,指地面高低形势的变化。《诗经·小雅·十月之交》:"高岸为谷,深谷为陵。"后用以喻世事的变化。《后汉书·杨震列传》:"冠履倒易,陵谷代处,从小人之邪意,顺无知之私欲。"依然,不变,如故。 ③餐霞客:餐霞,服食云霞,道家修炼之术。司马相如《大人赋》:"呼吸沆瀣兮餐朝霞。"餐霞客,指隐居修行之人。 ④朝露:早晨的露水,日出即晞,比喻存留短暂的事物。曹操《短歌行》:"对酒当歌,人生几何。譬如朝露,去日苦多。" ⑤闾里:乡里。 ⑥把臂:握人手臂,表示亲密。《越绝书·吴王占梦》:"(公孙圣)伏地而书,既成篇,即相与把臂而决,涕泣如雨,上车不顾。"

【评析】

这是一首悼亡诗,所悼之人是云表上人,诗人之友。前二联写诗人自己。少小读书学艺,壮年漫游秦吴多年,归至家乡,陵谷依然,世事似未有变化。"学书剑""多岁年""一登眺"等词语,慷慨大气,表明诗人书剑随身、壮游各地的豪侠之情。后二联情绪陡变。"岂意"连接上下文,是过渡词,也是诗人情绪变化的标志,贴切生动,意谓"哪料到"。未料故人已逝,继之问乡里诸友,无有几人在世,诗人情绪一落千丈,由豪情慷慨而至低沉哀伤。前后情绪的强烈变化和对比,更表现诗人对故人离世、人事变迁的哀痛和无奈。全诗风格亦壮亦悲,既有壮游山水的豪情,又有生离死别的悲凄,情绪复杂强烈,感慨遥深。

闺　情

一别隔炎凉①,君衣忘短长。裁缝无处等②,以意忖③情量。
畏瘦宜伤④窄,防寒更厚装。半啼封裹了⑤,知欲寄谁将⑥。

【注释】

①炎凉:犹寒暑,喻岁月。　②等:比较,比量。　③忖:忖度,猜测。　④伤:太,过于。　⑤了:完毕。　⑥将:携带,捎带。

【评析】

这是一首思妇诗。首联写因分别日久,思妇把夫君衣服的长短尺寸都忘记了。颔联写思妇要为夫君裁剪衣服无处比量尺寸,只能凭一己之意猜度而量短长。颈联写担心衣服过于瘦窄,担心夫君寒冷,故厚厚絮装。尾联写思妇一边哭泣一边做衣服,衣服做好,包裹好之后,不知道让谁捎带到边地夫君身边。诗歌通过"忘短长""忖情量""畏瘦宜伤窄""防寒更厚装""半啼封裹了"等一系列的细节描写表现思妇的心理活动,生动传神。全诗语言平易,描写细致,情感柔婉,塑造了一个愁肠百转的思妇形象。

七言律诗

登安阳①城楼

县城南面汉江流,江嶂开成南雍州②。
才子乘春来骋望,群公暇日坐销忧③。
楼台晚映青山郭,罗绮晴娇绿水洲。
向夕④波摇明月动,更疑神女弄珠游⑤。

【注释】

①安阳:此指古安阳城,位于陕西境内,属今安康市。 ②南雍州:唐时长安属雍州,位于安康县正北,故称长安为北雍州,安康为南雍州。 ③"群公"句:王粲《登楼赋》:"登兹楼以四望兮,聊暇日以销忧。"暇日,闲暇之日。销忧,消除忧愁。 ④向夕:傍晚。 ⑤"更疑"句:《文选》录郭璞《江赋》:"感交甫之丧佩,愍神使之婴罗。"注引《韩诗外传》:"郑交甫过汉皋台下,遇二女,与言曰:'愿请子之佩。'二女与交甫,交甫受而怀之,超然而去,十步循探之,即亡矣,回顾二女,亦即

亡矣。"襄阳西万山有"解佩渚"。

【评析】

  这是一首登高之作。诗人离开长安,从旧子午道顺直水来到古安阳城,准备乘船,沿汉江返回襄阳。首联写安阳城楼的地理位置,南临汉江,北依秦岭,汉水横贯东西。开篇即境界高远,奠定了全诗的情感基调。颔联描写游览盛况,才子登楼"骋望",王公暇日"销忧",一片繁华景象。颈联描摹望中所见,青山之中掩映楼台,女子们锦绣衣饰使绿水更加娇媚,描绘出一片春日之景。此楼台当是安康城,诗人登临安阳城楼,望见的是安康城的景象。尾联写夜晚之景,明月倒映在水中,随波荡漾,似神女弄珠。这首诗意境开阔明丽,气概豪迈,描摹出春日登高游览的繁华景象。金圣叹《唐才子诗》评价此诗:"登城楼,临汉江,望南雍州,看他何等眼界,何等胸襟。"王世贞《艺苑卮言》云:"孟浩然县城南面之篇,不作奇事丽语,以平调行之,却是一唱三叹。"

岁除夜有怀

五更钟漏欲相催①,四气推迁往复回②。
帐里残灯才有焰,炉中香气尽成灰。
渐看春逼芙蓉枕,顿觉寒消竹叶③杯。
守岁④家家应未卧,相思那得梦魂来。

【注释】

  ①"五更"句:五更,古代把夜晚分成五个时段,打更报时,所以

叫作五更、五鼓。此处五更指第五更，相当于戊夜三点至五点，天将明之时。钟漏，钟和刻漏，古代用以报时、计时。　②"四气"句：四气，四时阴阳变化、温热冷寒之气。推迁，时光推移变迁。陶渊明《荣木》序曰："日月推迁，已复九夏。总角闻道，白首无成。"　③竹叶：酒名。张协《七命》："乃有荆南乌程，豫北竹叶。"　④守岁：晋周处《风土记》："至除夕达旦不眠，谓之守岁。"

【评析】

　　这首诗作于异乡岁除夜。首联感慨时光。"五更钟漏欲相催"指旧年即逝，新年将至，"催"字表明时光易逝之感。"四气推迁往复回"句感慨又是一年，诗人在漫游途中又度过了一年，为下文思乡张本。颔联写守夜时久，残灯将灭，炉香已尽，漫漫长夜，诗人独坐，表达诗人寂寞无聊之情。颈联"渐看春逼""顿觉寒消"写新年已至，春日将近。"芙蓉枕""竹叶杯"表达诗人长夜独坐、自斟自饮的烦闷情绪。尾联从对方落笔，想象家人也正在守岁未卧，故难以入得家人梦中，以解相思之情。明代谭元春评此诗末联为"妙想""正想"之辞。前三联似平平叙述，至末联方点明"相思"意，诗中描写残灯、炉香和"渐看""顿觉"等感觉，都是通过写守岁夜独坐饮酒，表达诗人寂寞惆怅和思乡怀人之情。语言平易，意境寥落，风格沉郁，构思巧妙。

登万岁楼①

万岁楼头望故乡，独令乡思更茫茫。
天寒雁度堪垂泪，月落猿啼欲断肠。
曲引古堤临冻浦②，斜分远岸近枯杨。
今朝偶见同袍③友，却喜家书寄八行④。

【注释】

①万岁楼：史书《京口记》记载：晋代王恭为刺史，镇京口时，改其西南楼名万岁楼，西北楼名芙蓉楼，皆位于今江苏镇江。 ②"曲引"句：曲，曲折。浦，岸边水面。 ③同袍：《诗经·秦风·无衣》："岂曰无衣，与子同袍。"后以同袍喻友爱。《古诗十九首》："锦衾遗洛浦，同袍与我违。" ④八行：马融《与窦伯向书》："书虽两纸，纸八行，行七字。"后以八行为书信之通称。邢邵《齐韦道逊晚春宴》诗："谁能千里外，独倚八行书。"

【评析】

这是一首登高怀乡之作。首联点明登临意在"望故乡"，气韵沉郁，意境宏阔，奠定全诗的情感基调。诗人本是登高望远以消忧，未料却忧上加忧，思乡更甚。颔联登高望远，但见长空雁度，但闻山间猿啼，从视觉和听觉的角度写景，同时表达诗人的感受。雁尚知天寒南飞，猿尚知日暮归穴，诗人却不得归乡，况值岁末月落，更添乡思之愁。颈联继续写望中所见之景，曲折的古堤，冰冻的水面，遥远的堤岸，岸边的枯杨，展现深秋寥落萧条的景象，寄予诗人寂寥惆怅之情。尾联写意外之喜。"偶"，表明不期而遇；"喜"，得以寄书于乡。全诗意境高远开阔，气韵沉郁寂寥，以情寓景，景中含情。这首诗的特别之处在于，前三联情绪消沉、情感低落，至末联忽扬起，一改低落之情绪，是全诗的亮点，也是点睛之笔，有"山重水复疑无路，柳暗花明又一村"之妙。

五言绝句

宿建德江①

移舟泊烟渚②,日暮客愁新。
野旷天低树③,江清月近人。

【注释】

①建德江:即新安江流经建德的一段。建德,今属浙江省。 ②烟渚:傍晚烟雾笼罩着的小洲。渚,水中小洲。 ③"野旷"句:原野空旷,远望天际,仿佛天比树低。

【评析】

这首诗创作于诗人漫游浙江境内新安江时期,写诗人傍晚停舟于建德江上所看到的景象,表达诗人行旅孤寂的情怀。首句点题,"泊"点明题中"宿"字,"移舟""烟渚"点明题中"建德江",写舟行至傍晚时分,停泊于建德江上烟雾笼罩的小洲边,描写江边日暮环境,为下文抒发羁旅之苦作铺垫。次句承上句而来,由景写情,即"客愁新",羁旅之客又添新愁,而这一新愁是因"日暮"感发而来,白日舟行之时,诗人未兴此愁,故曰"客愁新"。同时也表明诗人在行旅之中怀有许多旧愁,日暮时分,新愁与旧愁叠加,愁上添愁,更加愁闷。而三、四句没有继续直抒愁绪,却宕开一笔,写江边看到的景色。"野旷天低树"是远景,体现江边空旷阔远的凄清之景,突出诗人孤独寂寞的行旅之感。"江清月近人"是近景,诗人俯瞰江水,江水清澈,月亮倒映水中,仿佛与人非常接近。极目远望,反觉孤寂无依,故觉唯有水中月与人亲近,抒写愁绪更深一层。后两句表面上是写景,实际上句句抒情,以凄清之景烘托羁旅之愁。沈德潜评曰:"下半写景,而客愁自见。"在结构上,首句点题,次句承题,三、四句以对句作结,以景写情。诗中塑造了一个日暮泊舟、远眺彷徨、孤寂愁闷的羁旅诗人形象,意境旷远凄清,章法奇特,别具一格。

春 晓①

春眠不觉晓,处处闻啼鸟②。
夜来风雨声,花落知多少。

【注释】

①春晓:春天的早晨。 ②"春眠"二句:春睡中不知天已明,处处鸟鸣使人惊醒。

【评析】

这首诗写隐居事,可推测或是诗人四十岁以前隐居襄阳时所作,也可能是开元二十六年(738)辞幕还家之后所写。诗人抓住春天的早晨刚刚醒来时的一瞬间展开描写和联想,生动地表达了诗人对春天的热爱和怜惜之情。"春眠不觉晓"写春眠的惬意，表现诗人轻松安然的心理状态。"处处闻啼鸟"，从听觉的角度描绘了春天的早晨，诗人睡醒后，首先传入耳中的是窗外的鸟鸣之声，体现春日早晨安静祥和的气氛，表现了诗人内心的喜悦和对春天的热爱。三、四句"夜来风雨声，花落知多少"，诗人没有正面描写窗外的春光，而是宕开一笔，通过联想写风雨落花。诗人回忆起昨天晚上听见风雨之声，想象窗外的春花可能被吹落了许多，表达诗人悦春惜花之情。这首诗没有采用直接叙写春景的一般手法，而是通过一觉醒来后瞬间的听觉感受和联想，捕捉典型的春天气息，描摹春天景象，表达诗人对春天的喜爱和怜惜之情。从听觉的描写，可以想象到窗外百鸟齐鸣的热闹情景。"夜来风雨声"同样也是从听觉的角度进行描写，由风雨之声到"花落知多少"的联想，可以想象到百花齐放、春光烂漫的场景。这首诗的特别之处在于，从听觉的角度展现出一幅雨后清晨的春景图，寥寥数笔，将一瞬间感受到的浓浓春意勾勒得淋漓尽致。这首诗语言明白晓畅、音调朗朗上口，韵味无穷，富有生活情趣，是一首脍炙人口的佳作。

送朱大入秦①

游人五陵②去，宝剑直③千金。
分手脱④相赠，平生一片心。

【注释】

①朱大：即朱去非，行大，孟浩然好友。秦：关中地区，指长安。 ②五

陵：汉高祖将关东地区富豪贵族迁徙关中，侍奉长陵，后又增惠帝安陵、景帝阳陵、武帝茂陵、昭帝平陵，同高祖长陵并称五陵，后代指长安。 ③直：同"值"，价值。 ④脱：解下。

【评析】

　　这是一首送别诗。首句"游人五陵去"，"游人"意谓浪游之人，指友人朱大，表明朱大的身份。以"五陵"代指长安，更显古雅，富有文化意蕴。"宝剑直千金"句出自曹植《名都篇》："名都多妖女，京洛出少年。宝剑直千金，被服丽且鲜。"突出宝剑之珍贵，同时也暗含友谊之可贵。"分手脱相赠"，指将价值千金的宝剑临别赠与好友，豪放慷慨，令人叹服。"脱"字，写赠剑者解下宝剑，果断慷慨，毫不犹豫，表现其豪爽果敢的性格特点。"平生一片心"，指赠别以表平生结交之心。宝剑有价而情谊无价。赠剑，既可理解为诗人赠朱大剑，也可理解为朱大赠诗人剑，皆体现诗人的豪侠之气。这首诗风格豪放壮逸，体现诗人"少好节义，喜振人患难"的豪侠性情。

送友人之京

君登青云去①，余望青山归②。
云山从此别，泪湿薜萝衣③。

【注释】

　　①"君登"句：扬雄《解嘲》："当涂者升青云，失路者委沟渠。"登

青云,谓登科为"平步青云",又指官高爵显。 ②"余望"句:指归隐之意。青山,此处指山林,归隐之所。刘长卿《送灵澈上人》:"荷笠带斜阳,青山独归远。" ③薜萝衣:薜萝和女萝做成的衣服,指隐者之衣。屈原《山鬼》:"若有人兮山之阿,被薜荔兮带女萝。"

【评析】

这是一首送别诗。首句写友人入京为官。次句写诗人独归山林。一青云一青山,两个"青"字,却不觉重复。青云、青山指代不同的两个生活领域,代表不同的人生价值观和不同的人生选择,友人与诗人走上了完全不同的道路。"云山从此别","云"指青云,"山"指青山,云山本来相依,而今却相隔远离,同时也表明诗人对仕途的决绝态度和长隐山林的决心。不知二人的友情是否会因此改变,故"泪湿薜萝衣",一是伤离别,表现对友情的珍惜,二是伤志趣相异,分道扬镳。全诗多用重字,不仅不显累赘重复,反而巧妙别致,使诗歌具有咏叹调的艺术美。

初下浙江舟中口号①

八月观潮罢,三江越海寻。
回瞻魏阙②路,无复子牟③心。

【注释】

①口号:诗题名,表示随口吟成,和口占相似。梁简文帝萧纲有《仰和卫尉新渝后巡城口号》一诗,后代诗人沿用作为诗题。 ②魏阙:古代

宫门外阙门，为悬布法令之地，后作朝廷代称。③子牟：即魏公子牟，战国时人，因封于中山，又叫中山公子牟，中山公子牟谓瞻子曰："身在江海之上，心居乎魏阙之下，奈何？"瞻子曰："重生，重生则利轻。"见《庄子·让王》。后常用作心存朝廷或忧国忧民的典实。

【评析】

这是一首行旅口占诗，当作于长安落第之后，南游吴越时期。首句"八月观潮罢"，诗人有诗《钱塘江作》写观潮，疑此诗当在其后。次句"三江越海寻"，"三江"的说法很多，此处当指吴越地区。前二句写诗人离开京城后的行程，表现诗人悠游山水的乐趣。"魏阙路"指通向长安的路，通向仕途的路。"无复子牟心"，反用魏公子牟的典故，表明诗人此前颇有子牟用世之心，落第之后，心灰意冷，已无意求仕，只得纵情于山水田园。后二句直抒胸臆，表现了诗人落第后功名之心已息、山水之情复兴的情怀。

醉后赠马四

四海重然诺①，吾常闻白眉②。
秦城③游侠客，想得半酣时。

【注释】

①然诺：许诺。《史记·张耳陈馀列传》："上贤贯高为人能立然诺。"
②白眉：《三国志·蜀书·董刘马陈董吕传》记载，三国蜀汉马良，字

季常，兄弟五人皆用"常"为字，并有才名。马良眉有白毛，才学尤为出众，乡里谚曰："马氏五常，白眉最良。"后世称兄弟行中才俊特出者曰白眉。　③秦城：当指长安。

【评析】

　　这是一首赠友诗。首句"四海重然诺"，写友人马四一诺千金，四海闻名，是极重信义之人。"四海"意境开阔旷远，"重然诺"体现豪侠之气。次句以白眉马良喻马四，既切合马四的姓氏，又表明马四才俊突出，用典十分巧妙。"秦城游侠客"句点明马四长安游侠的身份。"想得半酣时"句扣合题目"醉后"，表现诗人与马四意气相得、情投意合。诗中塑造了一个重然诺、多才俊的长安游侠形象，首句写性格，次句写才俊，三句写身份，末句写怀想。构思精当，借用典实，恰当巧妙。与孟浩然山水田园诗平淡自然的风格不同，这首诗充满豪侠壮逸之气，慷慨激昂，别具一格。

檀溪①寻古

花半成龙竹②，池分濯马溪③。
田园人不见，疑向武陵迷。

【注释】

　　①檀溪：在今襄阳城西门外。　②成龙竹：竹名，也称龙须竹。　③"池分"句：池，护城河。濯马溪，又作"跃马溪"，指檀溪，用刘

备跃马檀溪故事。《三国志·蜀书·先主传》裴松之注引《世语》曰："备屯樊城，刘表礼焉，惮其为人，不甚信用。曾请备宴会，蒯越、蔡瑁欲因会取备，备觉之，伪如厕，潜遁出。所乘马名的卢，骑的卢走，堕襄阳城西檀溪水中，溺不得出。备急曰：'的卢，今日危矣，可努力！'的卢乃一踊三丈，遂得过。"

【评析】

这首诗又题作"檀溪寻故人"。"花半成龙竹"句写故人所居，花竹相伴，烘托出清静幽雅的环境。"池分濯马溪"句中"濯马溪"一作"跃马溪"，用刘备檀溪跃马的故事，使环境更富有传奇和古雅色彩。"田园人不见"句写诗人寻故人不遇。"疑向武陵迷"又作"疑向洞中栖"，"武陵迷"或"洞中栖"，皆是指友人归隐欲仙之意，表达诗人对这位友人超凡脱俗的格调的赞赏，也体现诗人高雅的意趣。

同张将蓟门看灯①

异俗非乡俗，新年改故年。
蓟门看火树②，疑是烛龙然③。

【注释】

①同：和诗曰同。蓟门：即蓟丘，故地在今北京市德胜门外。　②火树：比喻辉煌的灯火。傅玄《朝会赋》："华灯若乎火树，炽百枝之煌煌。"　③"疑是"句：烛龙，神名。《山海经·大荒北经》："西北海之

外,赤水之北,有章尾山,有神人面蛇身而赤,直目正乘,其瞑乃晦,其视乃明……是烛九阴,是谓烛龙。"屈原《天问》:"日安不到,烛龙何照?"然,同"燃"。

【评析】

这首诗宋元刻本俱不载,孟浩然游踪亦未至蓟门,明末始补入此诗。"异俗非乡俗"句点明是在他乡异地,暗点题中"蓟门"二字。"新年改故年"指年初,暗点题中"看灯",当指元宵节观灯。"蓟门看火树"句明点题中"蓟门看灯",以火树喻灯,表现灯火之灿烂辉煌。"疑是烛龙然"句进一步渲染灯火之煌煌。全诗写诗人身在异地,辞旧迎新之际,却没有身为客子的孤寂凄清之感,而是对异乡元宵节观灯备感亲切,充满生活情趣。首二句二"俗"二"年",不仅不显重复累赘,反而别有意趣。

岘山亭寄晋陵张少府①

岘首②风端急,云帆若鸟飞。
凭轩试一问,张翰③欲来归?

【注释】

①岘山亭:位于襄阳城南岘首山。张少府:即张子容,先天元年(712)举进士,授晋陵尉。 ②岘首:即岘首山、岘山。《襄阳府志》谓有三岘,而此山为首,故名岘首。 ③张翰:晋代吴人,字季鹰,善属

文,曾托辞见秋风起,思故乡莼菜、莼羹、鲈鱼脍,辞官归隐。《晋书》有传。此处指代张少府。

【评析】

　　这是一首寄友诗,时张子容为晋陵尉。首二句写当时岘山所见,岘山风急,云帆若飞,故想起远方友人。后二句希望友人能乘风帆来访,表达对友人的思念之情。以张翰代指友人张少府,扣合友人的姓氏,诗人问张少府,是否也如当年的张翰一样见秋风起,辞官归隐,似含戏谑,语言诙谐。这首诗语极平淡,如家常语,不失幽默,即景生发,自然流畅,以问句结束,意蕴深长。

口号赠王九[①]

日暮田家远,山中勿久淹[②]。
归人须早去,稚子望陶潜[③]。

【注释】

　　①口号:口占。王九:即王迥。　②"山中"句:《楚辞·招隐士》:"王孙兮归来,山中兮不可以久留。"淹,停留。　③"稚子"句:陶渊明《归去来兮辞》:"童仆欢迎,稚子候门。"稚子,幼子,小孩。陶潜,陶渊明。

【评析】

　　这是一首赠友诗。首句"日暮田家远"写环境。"田家远"一是指日暮时分,农人纷纷归家,田家远离之意。二是指山中离村庄甚远,况又值日暮,田家地远之意。次句"山中勿久淹"承接首句而来,化用《楚辞》成句,日暮偏远,故当速归。后二句以陶潜喻王九,促之早归,同时体现王九的隐者特点。全诗写悠游山中、日暮忘归的情景,表现醉心于山水的雅兴和意趣。诗人随口吟来,促友早归,平淡如话,却鲜活有趣,带有几分戏谑成分。

同储十二洛阳道中作①

珠弹繁华子②,金羁③游侠人。

酒酣白日暮,走马入红尘④。

【注释】

①同:和。储十二:即储光羲。储光羲有《洛阳道五首献吕四郎中》,孟浩然诗即为此和诗,吕四郎中即吕向。 ②"珠弹"句:珠弹,以珠作弹,谓其豪贵。徐陵《紫骝马》诗:"角弓连两兔,珠弹落双鸿。"繁华子,容饰华丽的少年。阮籍《咏怀》诗之十二:"昔日繁华子,安陵与龙阳。" ③金羁:金饰的马络头。 ④红尘:飞扬的尘土,形容繁华热闹,也指繁华之所。徐陵《洛阳道》诗之一:"绿柳三春暗,红尘百戏多。"

【评析】

这是一首应和之作。前二句写友人之珠弹、金羁,表明其豪贵的身份,"游侠人"重在突出其仗义豪侠的性格。"酒酣白日暮"句写朋友相聚畅饮,日暮方罢。"红尘"一词双关,既指马奔驰而过时飞扬的尘土,又指繁华之所洛阳。诗中塑造了一个富贵豪爽的游侠形象。前二句突出其身份,是静;后二句写畅饮、辞别,是动。相聚畅饮,表明其豪放善饮的特点,醉后辞别,走马入洛,表现其潇洒不羁的风姿和性格。全诗气势豪迈,言简意壮,具有慷慨豪侠之风。

寻菊花潭主人不遇[①]

行至菊花潭,村西日已斜。
主人登高去,鸡犬空在家。

【注释】

①不遇:没有遇到。

【评析】

这首诗写诗人寻隐者不遇。前二句写诗人寻主人之行踪,同时描写主人所居环境,"菊花潭",清雅之地,"日已斜",寂静之时,体现诗人寻访主人之兴致,日已西斜,而主人尚未回还,表现主人游山之雅兴,突出表现主人的隐者特点。"主人登高去"句点明题中"不遇"。"鸡犬空在家"句,以动写静,以鸡犬在家,无人惊扰,悠闲自得,反衬庭院之寂静,表达诗人不遇主人时的空落情怀。全诗语极淡而境极佳,语言淡极,似无意为诗,而又自然成诗,意境清幽安静,长满菊花的潭边,日已斜,鸡犬在庭，勾勒出一幅静谧、幽闲的日暮山村画卷。诗中的菊花潭主人虽未现身，但是主人的性格、情趣、生活通过典型事物的描写，寥寥数语，表现得淋漓尽致，生动传神。

问舟子

向夕①问舟子，前程复几多②。
湾头正好泊，淮里③足风波。

【注释】

①向夕：黄昏，傍晚。向，接近。 ②几多：多少。 ③淮里：淮河。

【评析】

这是一首行旅诗，采用问答形式。前二句是诗人所问。时值傍晚，诗人欲停船歇宿，因此问舟子需前行几许才能停泊。后二句是舟子所答。河湾处正好泊船休息，前方淮河风浪甚大。舟子所答令诗人欣慰和喜悦，反衬诗人长途行旅之劳累，塑造了一个风尘仆仆的旅人形象。诗歌采用问答体，语言平淡，似平常对话，却意蕴悠远，耐人寻味。

北涧泛舟

北涧流恒①满，浮舟触处通。
沿洄②自有趣，何必五湖③中。

【注释】

①恒：经常。 ②沿洄：沿，顺流而下。洄，逆流而上。 ③五湖：江南五大湖的总称，或单指洞庭湖。

【评析】

这是一首行旅诗。首句写北涧向来水势盛大。次句写舟如一叶浮于水面，浮舟过处，流水自开，承接首句，突出水势之大。三、四句写诗人或顺流而下或逆流而上，徘徊曲折，别有意趣，何必定要泛舟五湖！全诗突出行旅泛舟之趣，表现诗人闲适清雅的情绪。

洛中①访袁拾遗不遇

洛阳访才子②，江岭作流人③。
闻说梅花早④，何如北地春。

【注释】

①洛中：指洛阳。 ②"洛阳"句：潘岳《西征赋》："贾谊，洛阳之才子。" ③"江岭"句：江岭，大庾岭，此处指袁拾遗流放之地。流人，被流放之人，此处指袁拾遗。 ④"闻说"句：大庾岭在江西省大余县、广东省南雄市交界处，岭上多梅，又名梅岭。因地处南方，梅花较北方早开。

【评析】

这是一首访友之作。首句"洛阳访才子"化用前人成句,以才子贾谊喻袁拾遗,表明袁拾遗才俊突出却遭遇贬谪,表达诗人对袁拾遗的景仰之情。诗人专程来访,可见友情之笃深。然次句一转折,"江岭作流人",袁拾遗却已被流放岭南,暗点题中"不遇"二字。此时诗人的心情也由最初的兴奋希冀转而为失望痛惜。继而诗人从友人袁拾遗处落笔,听说岭南气候温暖,梅花早开,庶可安慰流放之人,诗人亦略感欣慰。这是情绪第二次转折。末句"何如北地春",写流放之地梅花纵然早开,哪里比得上北国之春色呢,诗人情感又转而为悲伤。这是第三次转折。这首诗结构精巧,情感复杂多变,一波三折,实属绝句之佳作。

送张郎中^①迁京

碧溪常共赏,朱邸忽迁荣^②。
预有相思意,闻君琴上声。

【注释】

①张郎中:即张愿,张愿曾迁为驾部郎中,此诗当作于张愿入京赴任时。 ②"朱邸"句:朱邸,古代王公贵族的住宅大门多漆成红色,指富贵之家。迁荣,官职荣迁。

【评析】

这是一首送别诗。"碧溪常共赏"句写过去,诗人与友人经常共游山水,情谊笃深。"朱邸忽迁荣"句写而今张愿升迁,"忽"字表明意料之外。面临离别,友情并没有因为离别和地位的变化而变淡。三、四句写从张愿琴声中,即可知思友之意。全诗不事雕琢,语言平淡,情感深厚。

戏赠主人

客醉眠未起,主人呼解酲①。
已言鸡黍②熟,复道瓮头③清。

【注释】

①解酲(chéng):即解酒、醒酒。酲,酒醉后神志不清有如患病的感觉。《世说新语·任诞》:"天生刘伶,以酒为名。一饮一斛,五斗解酲。"　②鸡黍:指待客的饭菜。《论语·微子》:"止子路宿,杀鸡为黍而食之。"　③瓮头:代指刚酿制而成的酒,初熟酒。

【评析】

这是一首戏谑诗。客人醉眠,忽听主人呼喊解酒。刚说过饭菜已熟,可以吃,又说刚酿制的酒很清澈,可以喝了。"呼",大声呼喊,体现主人热情开朗的性格。"已言""复道",看似主人言语前后颠倒,相互矛盾,恰恰体现了主人热情好客、朴实厚道的性格特点。诗人亦被主人的言语和热情影响,哭笑不得又心怀感激。诗歌塑造了一个朴实、热情的主人形象,语言平易如话,生动诙谐。

七言绝句

凉州词①（之一）

浑成紫檀金屑文②，作得琵琶声入云。

胡地迢迢三万里，那堪马上送明君③。

【注释】

①凉州词：乐曲名。　②"浑成"句：浑成，犹天然生成之意。紫檀，木名，木材坚实，心材色紫红，为制造家具和乐器的贵重木材。金屑文，指紫檀上的天然花纹。　③"那堪"句：那堪，即"哪堪"，怎能，哪能承受。明君，指王昭君，名嫱，封为明妃。石崇《王明君辞序》："昔公主嫁乌孙，令琵琶马上作乐，以慰其道路之思。其送明君，亦必尔也。"

【评析】

这是一首怀古之作。《西京杂记》："元帝后宫既多，乃使画工图形，按图召幸之。诸宫人皆赂画工，独王嫱不肯。匈奴求美人为阏氏，上按图以昭君行。及召见，貌为后宫第一。""浑成紫檀金屑文"句突出琵琶的珍贵，"作得琵琶声入云"，指弹奏琵琶，乐声高远，"胡地迢迢三万里"

写漫长的行程，仅有琵琶可慰孤独寂寞。以琵琶声反衬胡地的荒远寂寥，同时感慨明妃的命运。诗歌以乐声反衬荒凉，风格苍凉空旷。

凉州词（之二）

异方之乐令人悲，羌笛胡笳①不用吹。
坐看今夜关山月，思杀边城游侠儿②。

【注释】

①羌笛胡笳：皆少数民族乐器。 ②"思杀"句：杀，同"煞"，形容极甚之词。《古诗十九首》："白杨多悲风，萧萧愁杀人。"游侠儿，古代指好交游，勇于急人之难的人。

【评析】

这是一首怀乡之作。诗中塑造了一个边关月下、思念家乡的边城游侠形象。听到异乡的乐声，感到悲凉，以至不想吹奏，坐看清冷的边关之月，更加思念故乡。诗歌意境空阔苍凉，情感悲壮凄冷。

越中送张少府归秦中①

试登秦岭望秦川，遥忆青门更可怜②。
仲月③送君从此去，瓜时须及邵平④田。

【注释】

①越中：今浙江省南部，古为越地。张少府：即张子容。秦中：指长安。长安在古秦地，故名。　②"遥忆"句：青门，本名霸城门，因其门色青，故俗呼为青门。《三辅黄图·都城十二门》："长安城东，出南头第一门曰'霸城门'。民见门色青，名曰'青城门'，或曰'青门'。门外旧出佳瓜，广陵人召平为秦东陵侯，秦破，为布衣，种瓜青门外。"阮籍《咏怀》诗之六："昔闻东陵瓜，近在青门外。"可怜，可喜，可美。　③仲月：旧历春二月。　④邵平：即召平，曾为秦东陵侯，种瓜于长安城东，瓜美，俗称东陵瓜。

【评析】

这是一首送别之作，朋友张少府至长安，诗人于越中相送。诗歌从友人的角度，想象远望秦川，写友人眼中的秦地之可喜可忆，表现友人张少府对长安的牵念。接着写友人此去，等到瓜熟之时即可吃到长安城东邵平田中的东陵瓜了。此诗虽为送别诗，但没有表现惆怅惜别之意，而是处处从对方的角度考虑，欣然送别，表达了诗人对朋友的真挚情谊。全诗风格旷达潇洒，平易畅达，不同于其他的送别诗之惆怅沉郁。

济江①问同舟人

潮落江平未有风，轻舟共济与君同。
时时引领望天末②，何处青山是越中③？

【注释】

①济江：渡江。 ②"时时"句：引领，伸长脖子。天末，天边。陆机《拟兰若生春阳》诗："引领望天末，誉彼向阳翘。" ③越中：此指会稽。

【评析】

开元十七年（729），诗人长安落第之后，漫游吴越以遣怀，这首诗当作于开元十七年或稍后时期。由"潮落"二字可知，前因涨潮而难以行舟，此时潮落，无风，江平，正可行舟。"潮落江平未有风"一句，语极淡，却表达了诗人潮落行舟的欣喜之情和对越中山水的向往。"轻舟共济与君同"一句，与诗人同船者似是陌生人，陌路相逢，却感到十分亲切。此句似寒暄，语亦极淡，却表达了诗人轻快欣喜的心情，同时正面点题。"时时引领望天末"一句化用陆机成句，出神入化，胜似原句，选取典型的细节"引领望天末"，又加"时时"二字，使动作具有连续性，传达诗人急赴越中的迫切心情。末句以问句结束，既照应题中"问"字，又表达诗人急切之情。"引领望天末"是实写，"何处青山"是虚写，虚实结合，具有空间感。全诗以平常语入诗，语言极淡，而情感极切，细节描写生动传神，惟妙惟肖，虚实结合，意境旷远，堪称佳作。